KB083619

目次

洛

東

江

낙동강 칠백니、 길이〈─흘으는 물은、 이곳에이르러 것가지강물을 한몸에뭉처

서 바다로향하야나간다。강을싸러 바둑판갓흔들이 바다를한하야 아득하재열녀

잇고、그넘분들품안에는 무덤〈─의 마을이 여긔저긔안겨잇다。

이강파 이들파 거긔에사는인간── 강온 길이〈─흘넛스며、인간도 길이〈─

살어왓섯다。

이강파 이인간! 지금그는 서로○○○○○○ㅅ안으면안이될것가?

봄마다 봄마다

구못(龜浦)벌에이르러 불어내려는낙동강물

넘처 넘처 흘으네─

흘으네─에─헤─야。

칠녕〈─넘친물

들로 벌로 퍼지면

만목숭만ㅅ목숭의

젓이 된다네ー

젓이된다네ー에ー헤ー야ㅇ

이별이 열니 고ー

이강물이 흘을제ㅡ

그 시절부터

이젓먹고 자라왓네

자라왓네ー에ー헤ー야ㅇ

천련을산　만련을산

낙동강!　낙동강!

한을가에가 니들

꿈에나　이칠소냐

어칠소냐ー아ー하ー야ㅇ

어녀해 일흔봄에　이쌱을 하직하고　멀니ㅇ서북간도로몰녀가는한쎄의무리가、마지

막 이강을건늘제, 그네들몸에 갓치세워어가는 한청년이잇서、배스전을두다리며

구슬푸게 이노래를불너서、갓득이나슬퍼하는 이사스군들로하야금 눈물을자아내게하얏다한다。

파연, 그네는 뭇강아지쎄갓치 이썽어머니의젓싹지에매여달녀 오래오래스동안 살어왓섯다。그러나 그젓싹지는 발서 자긔네것이아니기시작한지도오래엿다。그

리던려에 ○○○○○○ ○○○○○○ ○○○○○○ ○○○○○○ ○○○○○○ ○○○○○○ ○○○○○。인자

는 한톡음의젓이라도 입으로들어가기가어렵게되얏다。하는수업시 이짬에서표박

하야나가게되얏다。이러케된것을 우리는잠스간생각하야보자。

이네의조상이 처음으로 이강의고기를낙고、이벌의곡식파열매를살째부러세이

지도못할긴세월을 오래〳〵두고 그네는 참으로자유로웟섯다。서로〳〵노래부르

머、서로〳〵일하엿슬것이다。남쪽벌도자긔네것이오。북쪽벌도자긔네것이엇다。

동쪽도 자긔네것이오、서쪽도 자긔네것이엇다。

그러나、역사는 한박휘굴넛섯다。놀며먹는계급이생기고、일하야먹여주는계급이

생것다。○○○는계급이생기고、○○○지는계급이생겻다。그럼으로부러 한울에해스빗 ○○○

도 고흔줄을몰나가게되고、낙동강의맑은물도 맑은줄을몰나가게되얏다。천련이다

오천련이다。이 기나긴세월을 불평의평화속에서 아모소리업시내려왓섯다。그

네는 이〇〇을〇〇으로생각지안이키서지되얏다。흐린날ㅅ세를 참으로맑은날ㅅ세

인줄알듯이。

그러나、역사는 〇〇〇〇〇〇〇 한다。〇〇〇〇〇〇 바람이다。〇〇〇〇엿다

갑오〇〇이다。〇〇〇〇이다。그뒤에 이쌍에는 아니、이반도에는 한 피물이배

회한다。마치 나래치고다니는독수리갓치。그피물은 곳〇〇〇다。그것이저나치

는곳마다 기어가는암나뷔궁뎅이에 수업는알이쓰다지는셈으로 쏘한알을쓰다노코

간다。청년〇〇、농민〇〇、형평〇〇、로동〇〇、녀성운동……오천련을두고 홀

너가는날세가 〇〇〇〇〇〇〇〇〇。그비뒤

에는 엇더한날ㅅ세가올것은 셈히알노릇이다。

　　　　　　×

일혼겨울의어두운밤、멀니 바다로흥한 낙동강어구에는 고기잡이불이 근심스

러히조을고잇고、강기슭에는 찬물결의울니는 소리가놉하질때다。방금 차에서내린

일행은 배를기다리느라고 강언덕우에웅긔중긔둘비엇처 모혀섯다。그가운데

에는 청년회원、형평사원、녀성동맹원、〇〇〇〇사람、〇〇〇단체사람들이

대부분을차지하얏다。동저고리ㅅ바람에 헌모자비스듬이쓰고 보ㅅ다리든촌사람、

검정두루막이、흰두루막이、구지래한양복、혹은 루바서카입운사람、짜ㅅ겟깃우에

쌀븐머리털이다팔〈―하는단발낭、혹은 그대로틀어언진신녀성、인력거우에안진병

인、그들운 ○○감옥의미결수로잇다가 병이위중한싸닭으로 보석출옥하는 박성

운이란사람을 고대 차에서바더서 인력거에실어가지고 마을로들어가는길이다。

「파연、들녀는말파갓치 ○○○구만。그갓치 역대호갓던사람이 ○○○○○야

○○ ○○○○○잇다。에라。○○○○。」

이정거장에마중을나와서야 비로소병인을본듯한사람의말이다。

「그래가주고도○○○ ○○○○○싹하겟지。」

누가밧는말이다。

「그러면、와 바로 병원을갈일이지、곳장 이리온닥고?」

「내사모틀다。병인당자가 한사락고 이리온닥하니……。」

「이거 와이리 배가 더되노?」

「아、인자 저거 배머리돌녓다。곳 올락한다。」

한사람이 저쪽강기슭을바라다보며 짓거린다。 인력거우의병인을처다보며

「늬、춥지안나?」

「팬찬타。내 안춥다。」

「아니, 늬 춤거던, 외루하나 더주세?」

「언제。아니다 괜찬다。」

병인의 병든목소리의대답이다。

「보소。배좀 쌜니저오소」

강저편에서 배스머리를 인자겨우돌녀서 저어오는배스사공을보고 소리를친다

「예——」

새이드게울녀오는소리다。배를저어오다가 다시 멈추고섯다。

「저 원하고잇노?」

「각종에 담배를피여무는모양이라구나。에라, 이——문동아。」

여러사람의우숨은 와그르—— 쓰다젓다。

배는 왓다。인력거탄사람이 몬저다。

「보소。늬 인력거。사람탄채 그대로 배에을수잇는가?」

한사람이인력거스군보고뭇는말이다。

「엇저 그릴수잇능기요」

「아니다。내사 내리겟다。」

병인은 인력거에내리며 부축되야배에을낫다。일행이 을느기를맛춤애, 배는세

떡∼하는 노젓맛치는 쇼리와 수라∼하는 물젓는 쇼리를내며 저쪽기슭을바라보고

나아잔다。 배스전에안신병인은 등불빗에보아도 얼골이 참혹하게도 야위여젓슴

을알수잇다。

「보소。 배부리는양반。 배스쇼리나 한만듸하소、예。」

「각중에 이사람、 쇼리는 왜하락고?」

엽헤안진친구의말이다。

「내 듯고십다……내살어서 마지막으로 이강을건너재뙬는지도 몰을일이라…。」

「에라 이──백주 쓸엄는 쇼리만 탕사……。」

「아니다、내 참 듯고십다。보소、 배부머는양반。 한마듸 안하게소?」

「언제、 내사 쇼리할줄아능기요。」

「아, 누가 쇼리해줄사람이업능가?……아、 로사! 참 쇼리하소、 의……내가지

온노래하소。」

「노래하락고?」

엽헤안진단발낭(斷髮娘)을졸른다。

「웅、(봄마다∼)해라 의。」

「봄마다 봄마다

구풋벌에이르러

　붉어내리는낙동강물

　넘처　넘처　흘으네━

　흘으네━애━헤━야。

．．．．．．．．．．」

경상도의독특한지방색(地方色)을씩인민요(民謠)「닐너리스조」에다가약간창가

조자를석근　그노래는　강개하고도　굿센맛이씩어잇다。녀성의음색(音色)으로서는

피ㅅ긔가파하고　운율(韻律)로서는　선(線)이　좀굵다고할만한、그러나　맑은로

사의육성(肉聲)은、바람에흔들니는　강눌결의소리를누르고　밥한울에　구슬푸게쩌

돌엇다? 한울의별들도　무엇을뭇긴듯이　눈을껌벅〳〵하는것갓혓다。지금　이배에

울은사람들이　서북간도이사ㅅ군들은　비룩아니엇마는、새삼스러히　가슴이울니지

안이할수는업섯다。

　그노래　제상절을맛출때에　박성운은　몹시히쓰레리칼하여진모양으로　피ㅅ대틀

울녀가지고　합창을한다。

「천련을산　만년을산

낙동강! 낙동강!

━(8)━

한울가에 가느들

꿈에나 이철소냐——

이철소냐—아—하—야。

노래는 웃낫다。성윤은 거진미친사람모양으로날뛰며、바른팔소매를거더들고 강
물에다 정구며、팔로물을저어보기도하야、손으로 물을만지기도하고 씨언저보기
도한다。 엽사람이 보기에싹하던지

「이사람、큰일낫구만。이병인이 지금 이모양에、팔을찬물에다 정구고하니、엇
지잔말고。」

「내사 이래다죽어도좃락。늬 너머 걱정마라。」

「늬 미첫구나、구마……백죄……。」

그럴수록에 명인은 더날뛰며、엽헤안진녀자에게 고개를돌녀

「로사! 늬 팔거더라。내팔하고갓치 이물에다정궈보자、의。」

녀자의손을잡어다가 잡은채그대로 물에다정구며 물을저어본다。

「내가 해외에가서 다섯해ㅅ동안을 써도라다니는동안에도、강이라는것이생각날
째마다 낙동강을 이저본썩은업섯다……。낙동강이 생각날째마다、내가 이낙동
강어부의손자요 농부의아들임을 이저본적도업섯다……。써라서、조선이란것도」

두사람의 손이 힘업시그대로 배스전녀머물우에　축처저잇슬뿐이다。그는 다시

눈압혜수면(水面)을바라다보며　혼자말로

그언제인가　가을에、내가 송화강(松花江)을근늘적에、이 낙동강을생각하고

울은적도잇섯다……초혼마음으로나간사람갓고보면、비룩만리밧글나가산다하더라도

그갓치상심이될니업스런마는……。]

이말이 써러지자、좌중은　호흡조차　운근히쓴어저는듯이 정숙하엿다。로사는

들엇던고개가　알로써러지며 저편의손이　얼골로올나갓다。성운의눈에서도　한방

울의굵은눈물이이윽써러젓다。

한동안　물소리만놉핫다。로사는　배스전에느러저잇던바른손으로　사나이의언손

을 썩잡어서다니며

「인자 구만둡시다、의。」

이말끗악센트의강철맛이란것은　경상도녀자의쓰는말가운대에도　가장 귀염성

이듯는말루엇다。그는　그의손에무든물을 손수전으로씨서주며 거덧던소매를내려

준다。

배는 저쪽언덕에가다앗다。일행은배에내리자、몬저 병인을 인력거우에다실고

는 전녀마을을향하야　어둠을쓸고　움지기여나갓다。

그의말따갓치、박성운은 파연 낙동강어부의손자요 농부의아들이엇다。그의할

아버지는 고기잡이로 일생을보내엿섯고、그의아버지는 농사ㅅ군으로 일생을보

내엿섯다。자긔네무식이 한이되야 그아들이나 발천시을켜볼양으로 그리하얏던

지남하는시세에좃차 그대로해보느라고 그리하얏던지、남의논밧을빌어 농사를짓

어구차한살님을하여나가면서도、엇잿던 그아들을가리켜노앗다。서당으로、보통학

교로、도립간이농업학교로……。

그가 농업학교를마치고나서、군청농업조수로도 한두해를잇섯다。그럴쌔에。자

긔집에서는 자긔아들이 무슨 큰벼슬이나한것갓치녀기며、맛나는사람마다 자긔

아들자랑하기가 일이엿섯다。그럴것갓흐면 동내사람들은 쏘한못내부러워하며、

자긔네아들들도 하로밧비 어서가리켜내늘마음을먹게된다。

그리다가、마침 ○○○이○○에○하얏다。그는 단연히결심하고 다니던것을 헌

신짝갓치집어던지고는、○○○에○하얏다。그는 열○○

사엿다。그째쯤은 누구나예사이지마는 그도쏘한 일년반동안이나 철창생활을하

게되얏섯다。

그것을지르고 집이라고나와보니 그동안에 자긔모친은 도라가고、늙은아버지

는 집도업개되야、자긔딸(성운의자씨)에게가서언처잇게되얏다。마침 그해에도

이곳에서 살수가업게되야 서북간도로써나가는이사人군이 북적 늘판이다。 그들의

부자도 그이사人군들름에 세여멀니 고향을등지고 써나가게되얏섯다。(악가 부르

던 그낙동강노래란것도 그째 성운이가 지여서 을푸던것이엇다。 그나라관헌의압박、호

서간도로가보니, 거긔도亽한 편안히살수가업는곳이엿다。 그의부자도 남파한가지 이리저러 써

인의횡포、마적의등쌀은 ○여간이안이엿다。

돌엇섯다。 써돌다가, 그야말로 ○이역타향에서 늙은아버지좃차 영원히일허바리게

되얏섯다。

그뒤에 그는 남북만주、로령、패킹、상하이동지로 도라다니며、서종이○○

○○○○에○○하얏섯다。 그리는동안에 다섯해의세월은갓섯다。 모든○○이 다

침체하고쇠퇴하여갈판이다。 그는 다시 발길을돌녀 고국으로향하게되얏다。 그가

조선으로들어을무럼에、 그의사상에는 큰전환이생긘다。 그것은 다른것이아니라

이쌔스것 ○○하던○○○○가 변하야 ○○○○○로되얏다는말이다。

✕

그가 가지록 서울로와서、 ○을하여보랴하얏스나、 그도 뜻과갓지못하얏다。그

것은 이쌍에잇는○○○○○○란것이 ○에는 힘을아니쓰고、아모주장에들님도업

시、 꿍연히 파벌을맨드러가지고、동지세미다루기만일삼는판이다。그는 자긔와뜻

이갓흔사람와러얼니여、양방의타협운동도 이르켯스나 아모효파도업섯고。여론을

이르켜보기도하얏스나、파쟁에눈이쎌건사람들의귀에는 그도 크게울니지못하얏다

그는 분연히 쓸치고이러스며

「이파벌이란 시긔가오면 자연히 피멸될째 가잇스리라」고

하야 ○○○○○○○○○○○、○○○○○○○○○○○쓰게되엿다。

예언갓치 말을하여던지고서는。자긔 출생지인 경상도로써 남조선○○을○○

그리고、자긔는 자긔고향인 낙동강하류연안지방의○○○○○○○○허서 ○○

○○○다。

그리고、그는 이쌍의사정을보아

「부•나로드!」

하고 부르지젓다。

그가 처음으로、자긔살던옛마을을차저와볼째에 그의심사는 서금호긔 가이업

섯다。다섯해전쌔날쌔엔 백여호대촌이던마을이 그동안에 인가가 엄청나게줄엇

다。그대신에、예전에는 보지도못하던 크나큰함석집웅집이 쓰러저가는 초가人집들

을멸시하고 위압하는듯이 듕두렷이 가토길게 노여잇다。그것은 못지안어도 동

척창고일을알수잇다。예전에 중농(中農)이던사람은 소농(小農)으로써러지고、소

농이든사람은 소작농(小作農)으로써러저지고、 예전의 소작농이던만흔사람들은 기의

다 풍지박산하야나가개되고 어렷슬째부러 정들던동무들도 하나도볼수업섯다。

그들은모다 도회로、서북간도로、일본으로、산지사방허러저갓섯다。대々로살어오

던자긔네집터에는 옛날의흔적이라고는 주추ㅅ돌하나볼수업섯고 (그러는 지금창

고압마당이되얏슴으로、다만 그시절에싸리문압헤잇던 해묵은느르나무(槐木)만

이지금도 그저 그녈븐마당터에 홀로웃둑서잇슬쑨이다。그는 뜻차가서、어린

아이모양으로 그나무밋둥을서안고 맴을돌아보앗다 쌤을대여보앗다하며 조와서

쏘는 슬퍼서 엇지할줄을몰낫다 그는 나무를안은채 눈을감엇다。지나간날의생

각이 실마리갓치풀어나간다。어렷슬째에 지금하듯이 세안고맴돌기、여름철에

싹다기써지기여올나가 매암이잡다가 대머리버서진할아버지에게 쑤지람당하던일

마을의젊은이들이 근네를매고놀새엔、자긔도 근네를쒸겟다고 성화밧치던일、압

집에살던순이란게집아이와갓치 나무그늘밋헤서 소쑵질하고놀제、자긔는신랑이되

고 순이는색시가되야 시집가고장가가는흉내를내던일、그리다가파연 소년째해이

르러 그순이란색시와서로사모하개되던일、그뒤에도 그순이가팔녀서 평양인가

서울로가개될제 어둔밤 남모르재 이나무뒤에숨어서 서로붓들고울던일 이모든

일이다 생각에서 써돌어지나가자 그는 흐르복늦겨지는술을 길개한번내여쉬

고는눈을짝엇다。

「내가 이싸지것을 지금 다 생각할째 가아니다……에잇……쌔……。」

하고 혼자중얼거리고는、 이째人것하던생각을 썰어업새랴는듯이 휙발길을돌녀 걸어나갓다。그는원래 정(情)의사람이엿다。그러나 그는 근래에 그감정을 의

지로눌니랴는노력이만흔터이다。

「○○○○생무쇠쑥갓흔 시뙤런의지(意志)의마음세를 가저야한다!」

이것이 그의생활의못토이다。그러나 그의감정은 각금 의지의굴네를버서나서 날쒸게가만엇다。

그는 몬저 ○○프로그람을세웟다。○○、○○、○○——이세가저로。그러하야

그는 몬저 농촌야학을설시하야가지고 농민교양에힘을썻섯다。그네와감정을갓치

할양으로 버서부치고들어덤비여 그네들틈에씨여 생일도하고、농일터나、사랑구

석에모힌좌석에서나、야학시간에서나、긔회가잇는대로 교화에 전력을썻섯다。

그다음에는 ○○○○○○○○섯다。

대하야 첫해○○에는 ○○○이다。그다음해에는 아조실패다。

○○○도○○○을바덧다。야학도○○다。○○파○○의○○、○○、이로말할수

가업섯다。아모리　열성이잇스나、아모리　참을성이잇스나、○○○○는엇지할수업섯다。모든것이　침체되고말뿐이엿다。그러하야　작년가을에　그의친구하나는　분연히설치고이러스며

「내　구마　밧그로갓난다。○○○○○○○○○○잇는가?하자면　○○지。○○밧게는더업다。」

「아니다」그래도　여긔잇서야한다。우리가　우리게급의일을하기위하야는　중국에가서　해도좃코　인도에가서해도좃코　세계의어너나라에가서해도맛찬가지다。하지마는、우리경우에는　여긔잇서서일하는편이　가장편리하다。그리고우리는　죽어도　이싸사람들파갓치죽어야할책임감파애착을가지고잇다。」

이갓치권유도하엿스나、필경에　그는　그의가장신뢰하던동무하나를　써나보내게되고만일도잇섯다。

○○○는이○、아니　○○○고잇은이○、그는　○○○○　○○○○○。그것은　다른것이아니다。이마을압　낙동강기슭에、여러　만평되는　갈밧이하나잇섯다이갈밧이탄것도　낙동강이흘으고　이마을이생긴뒤로부터、그갈을비여、자리를치고그길을틀어　삿갓을맨들고、그갈을팔어　옷을구하고밥을구하얏섯다。

「기럭이엿다　낙동강우에

「가을바람부누나　갈샛이나비싼다」

이 노래도 저금온부를경황이업재되얏다。그갈밧은　발서　남의물전어되고마럿다

그것은 이 촌민의무지로말미암아、○○○○○○이되얏다가○○○○○○에

재○○○○○○○라는명의로넘어가고마럿다。이가을부러는 갈도비일수가업게되

얏다。○○○에멋번이나○○을하얏스나、아모효파가업섯다。촌민씨리 ○○○○새

지○○하야서 ○○하라하얏다。필경에는 모도가 다실패뿐이다。자긔네목숨이나

다름업시알던촌민들은、○○○혀가지고 덥허노코 ○비여잿첫다。저편

에수직스군하고시비가생겻다。○○○하얏다。그숫헤 성운이가 ○○○라는협

의로붓들녀가서 ○○○에서 ○○○○○○○○

김사구으로넘어가서 ○두어달동안이나잇다가 병이급하게되야나온러이다。

그런대、여긔에 한에피소드가잇다。그것은 이해여름 어녀장날이다。장스거러

에서 형평사원들과 장스군——그중에도 장스거리사람들과 큰싸홈이이러낫다。

싸홈시초는 장스거리사람하나이 이곳형평사지부압홀지나면서 모욕하는말을한새

닭으로 피차에말이 오락가락하다가 싸홈이되고 쓰세싸홈이되야서、난폭한장스거

리사람들이 몽동이물들고 형평사원촌락을습격한다는급보를듯고、성운이가압장을

서서、청년회원　소작인조합원　십지여　여성동맹원세지 총출동을하여가지고　형

평사원편을응원하러달녀갓섯다。싸흠이진정된뒤에「녀도 이놈들、새백정이로구나」

하는 저편사람들의 조소와 만매(漫罵)를무릅쓰고도 그는

「백정이나 우리나 다 갓흔사람이다……다만 직업의구별만잇슬싸름이다……무릇

봉건시대사람들의하는말이다……더구나 우리무산계급은 형평사원과갓처 손을맛

붓잡고일을하여나가지안으면아니된다。……그럼으로형평사원을 우리무산계급은 한

형제요 동무로알고나아가야한다……」

하고 여러사람압혜서 열々히부르지진일이잇섯다。

이뒤에、이곳녀성동맹에는동맹원하나가 더늣럿다。그것이곳 형평사원의싸인

로사다。로사가동맹원이된뒤에는 자연히 성운파도 상종이 자저젓다。그럴수록

에 두사람의사이에는 접々갓가워지며 필경에는 남다른정이 가슴속에 깁히돌

로사의부모는 형평사원으로서、그도 쏘한 운성의부모와맛찬가지로 쌀일망정

발천을시켜볼양으로그리하얏던지 서울을보내여 녀자고등보통학교를졸업식히고

사법파사지맛춘뒤에 녀훈도가되야 멀니 합경도쌍에잇는보통학교에가서잇다가

하긔방학에 고향에왓던러이다。그의부모는 그쌀이 판임관이라는벼슬을한것이

천지개벽 후에 처음당하는영광으로 알엇섯다。그티하야 그는

「내쌀이 판임관벼슬을하야는대、나도 이 노릇을더할수잇는가。」

하고는、하여오던수육업이라는직업도그만두고、인자 그쌀이가잇는곳으로 쌀녀

가서 세양반노릇을좀하야 불배스십이엇다。이번에 쌀이 집에온뒤에도 서로의논

하고작정하야논노릇이다。그러나、천만뜻밧게 그몹슬 큰싸홈이난뒤부러 그쌀이

무슨녀자청년회니 동맹이니하는데 풍덕〜 드나들며、주의자니 무엇이니하는사

나이름바구니에가서씨여놀고하며니、그만 가잇던곳도 아니가쌧다 다니던벼슬도

내여놋켓다하고야단이다。그리하야 이네의집안에는 제일큰걱정거리가 생으로

하나생기엿다。달내다、구스르다、별ㅅ소리로 다 타일녀야 그쌀이 좀처름듯지

를안는다。필경에는 큰소리쌔지나가게되얏다。

「이년의가시내야! 늬 백정놈의쌀로 버슬새지햇스면 무던하지。그보다 무엇

이 더나은것이잇더노?……」

하고 그의아버지가 야단을칠째에

「아배는 멧백련이나 멧천련이나 조상째부러 그몹슬놈들에게 왼갓학대를다바

더왓스며、그래도 그몹슬놈들의 썩어잡버진생각을 그저 그대로가지고잇구만

내사 그써지 더러온○○○ 무엇이고실쇼、구마?……인자 참사람노릇을 좀할

하고 딸이 대거리를할것갓흐면

「앗다、그년의가시내、 건방지게……늬 뭐락햇노? 뭐락해?……」

그의어머니는 엽헤서 남편의말을거드 느라고

「야、늬 생각해보아라。 우리가 그 노릇을해가며 늬 공부식히느락고 얼마나

애를먹엇노。늬 부모를생각키로 그럴수가잇능가?……자식이락고 쌀자식형제에

서 늬만공부를식힌것도 다 늬덕을보잣고한 노릇이아니?」

「그러면、어매 아배는 날 사람노릇식힐낙고 공부식힌것이안이라、 돼지키워서

이보듯기 날 무슨덕볼락고 키워논물전으로 알엇능게요?」

「늬 다 그무슨쏘리고? 내사 한마듸 몬아라듯겟다……하나、늬와 이

라노? 야?」

「구마、내 듯기실소。……내 맘대로할나요。」

할쌔에、그의아버지는 화가버럭나서

「에라、이……늬 이년의가시내、내눈압헤 뵈지마라。내사 싹보기실타 구마」

하고는 벌썩이러나 나가바린다。

이리하고난뒤에、로사는 그자리에 푹엄푸러저서 흑々늣겨가며 울기도하얏다

그것은 그부친에게 야단을만나고나서 분한생각을참씨못하야 그리하는것만도아
니엿다。그의부모가 아모리무지해서 그러케굴지마는、그무지합이 밉다가도。

도로혀 불상한생각이난새닭이엿다。

이럴째도、로사는 의례갓치성운에게로달녀가서하소연한다。그럴것갓흐면 성운은

「당신은 최하층에서 긔저나오는○○갓허야합니다。가정에대하야、사회에대하
야、갓흔녀성에대하야、남성에게대하야、모든것에대하야 반항하야한닌다。」

하고 격려하는말도하여준다。그럴것갓흐면。로사는 그만 감격에쩌는듯이 성
운의무릅우에 쓰러저 얼골을파뭇고운다。그려면、성운은 쏘

「당신은 쏘 당신자신에대하야서도 반항하여야되오。당신의 그눈물ㅡ약한것을
일부러자랑하는녀성들의 그흔한눈물도 거더치워야되오。……우리는 다갓치 굿
센사람이되여야합닌다。」

이갓치、로사는 사랑의힘 사상의힘으로 급격히변화하여가는사람이되엿다。그
의본성명도 로사가아니엿다。어녀째 우연히 로사•룩셈뿌르크의이약이가나올째
에 성윤이 웃는말노

「당신성도 로가고하니、아주 로사라고지읍시다、의。그러고 ○○○ ○○○○ ○○○
○○。」

하고난뒤에、 농이 참된다고、 성명을 아조 로사로봇처바린일이이섯다

×

병든성운을둘녀싼일행이 낙동강을건녀 어둠을뚤고 건넌마을로향하야가던 멧

칠뒤낫결이엿다。 갈째보다도더 멧배진々행녈이 마을어구에서부러 강언덕을향하

고 쌔처나온다。 수만흔괴人발이날닌다 양녈로느려선사람々々의손에는 진의울베

자락이잡혀잇다。 맨압헤선 검정테둘은괴폭에는

「고 박성운동무의령구」라고써잇다。

그다음에는 가지각색의긔다。 무슨「동맹」。 무슨「회」、 무슨「조합」、 무슨「사」 각

단체연합장임을알수잇다。 쏘그다음에는 수만흔만장이다。

「○○는갓다。 그러나、 그의더운○는 ○○의○○에서썻다」

「갓구나、 너는! ○○○○○ 너는갓구나! 밝는날 해마지춤에는 네손목을

잡아볼수업구나」

「…………………………」

「…………………………」

이로다세일수도업다。 그가운대에는 진시ㅅ구(詩句)갓치 이러케벌녀써쓴것도잇

섯다。

「그대는 평시에 날더러, 너는 최하층에서 ○○○오는 ○○○이되라, 하얏나이다

울소이다, 나는 ○○○이되겟나이다.

그대는 죽을새에도 날더러, 너는 참으로 ○○○○되라, 하얏나이다.

울소이다, 나는 ○○○되겟나이다.

이것은 뭇지안어도 로사의 만장임을알수잇섯다.

×　　　×　　　×　　　×

이해의 첫눈이 푸뜩〈날니는 어느날느진아츰, 구포역(龜浦驛)에서 차가써나

서 북으로움지기여나갈새이다. 기차가 들녁을다지나갈새써지, 객차안동창으로

하염업서 밧겻흘내여다보며안진녀성이하나잇섯다. 그는 로사이다. 아마 그는

라간애인의밟던길을 자긔도한번밟어보랴는뜻인가보다. 그러나 필경에는 그도

도멀지안어서 다시 잇지못할이짱으로 도라올날이잇새지.(씃)

──(一九二七●五●一四夜)──

農村사람들

아츰에도 큰두레방석만한 쌜건해가 붉의놀을씨고 들건너동녁봉오리우로 쑥

소사올넛다。그것은 마치 이세상을 「불」의세게로 밧구는마당에엇던 무서운계

시(啓示)의 첫광경갓티………。그리하야 갓득이나 말녀시드러가는 여름철

넓은세재의생물(生物)들은 한째에 눈을그리로쓰며 다시한번더 설지안이할수업

다。

一

「큰일낫다! 영영 사람을 다죽이고만다!」

들녁사람들은 입을여나 안여나 다 이와갓튼 말을 하게된다。밝음의공포—

백색(白色)의공포는 오날다 쏘 닥처왓다。

그러런해가 발서 한나절이 기울럿다。

논밧에곡식은 더말할게업고 길엽헤물도 내ㅅ가의잔듸도 가을풀밧모양으로 누

말녀시들다가나죵에는 배ㅅ싴여르러져간다。엇던째는 모

다 말녀시들다가나죵에는 나무ㅅ님도 시들버들하야진다。

러케탄대도잇다。

십리장야(十里長野) 한복판에 길게 내려쏠고누은ㄴ내는 수불수불말녀 비러저

잡비진 무슨 큰뱀의배ㅅ대기처럼 벗적말녀쌔쳐잇슬서름이다。

서쪽으로 동쪽웃써저 이들북녁을돌녀 막은북망산(北邙山)엇지가다가 적은나무

ㅅ개나 세워노코는 거진 다 벌거버슨채로잇는 이사태부덕이살가죽을 벳겨노

은사람의 동말성이가치 보기에도 지긋지긋한 이싯쌜건사태산。이산말낭이 남향

폭안을 불붓이 내려쪼일제 싯쌜건흙빗은 이글이글익어 더욱더붉어지는기갓치

그리면 불벗은더욱더 쏘다저서 한을에서쏫는더위와 쌍에서뱃는더위가 서로엄

불녀 산파들을 뒤덥흘제 잇다금씩 바람에불녀우는 나무ㅅ닙세지 스름치며

써는것갓다。

감을옴도 발서한달반이나 되얏다。자라붓흔보ㅅ물이나마 닷는 상ㅅ들한구롱이

나 쓰는 생수ㅅ물을파서 두레박질하여대는 구렁텅이논째기를제해노코는 모다

논바닥이 보얏케말녓다。엉거름(논바닥이말나서 갈나진다는말)이 쌍쌍갓다。벼

이삭이 모다 비비쎠여간다。엇던대는 푸ㅅ나무가티말나서 불을지로면 탈듯십

다。이해 농사는아조 절망이다!

그래도 아직까지 애착(愛着)을버리지못하얏는지 삿갓쓰고 중가래집혼 엇던

농군은 논둑에우두커니서서 논바닥을 드려다보고잇다。겁누르게들뜬얼골, 쑥드

러간두눈, 말업는 가윤데알혼표정, 멀녀서 자서히뵈이지는 안이하나 집작할수잇다

엇던 늙수그레한녀자는 두다리물썻고안저서 논둑을 두다리며 통곡하는이도잇

다。눈에 스물이 조라들어가기시작할째부러 조리던마음이 이날이쌔싸지 갈수록

더 밧삭 밧삭라들어 가던러이다。죽어가는자식의쭐을 들여다보고잇는 어버이의마

음세와 도갓치 말녀죽어가는 벼이삭의운명을 들여다보고잇슬써 울고도십고 밋

칠듯도심다。

「비를내리지안커던、차라리 불을내리라!」

악아 치밧찬사람들의입에서는 이러한소리도나온다。

이들은들폭안의 이 참혹한광경을 홀로웃둑허서서 바라보고잇는것은 이

마을압해서잇는 묵은정자나무다。이 정자나무는 그늘조키로일음난 느트나무로

서 넙파가지가 쌔더나가서폭안도평장히널고 나무밋대궁도 여러아름이나되게굵

다마치 이나무만이 이마을의 묵은력사(歷史)를다말하는듯이。

다런째갓고보면 생일도할줄모르고 놀기만하는엇박이친구들이나 이갓치밧분철

에도 이나무그늘밋헤 모혀들어안저서 장긔나 바둑으로 기나긴해를 넘겨보낼

러인데、지금은 한다하는 장정일ㅅ군들이 모다이곳으로모여안저서 근심ㅅ과씨

인얼골을하여가지고 서로바라다보며 깁흔음걱정하는것이 이들의가장큰말ㅅ거리

다。걱정쑨만이안이라 압흐로올 무서운흉년난리를머리ㅅ숙기며 침울한가운대에도

가슴이 은근히설넌다。

사람이 어떤공황(恐慌)에 눌닐째에는 서로모히고 싶흔마음이 다른째보다 더

나는 것이다.

「인제는 더말할것업시 아조흉년이지?」

이것은 술타령만잘하며 쌘들쌘들기만하고농촌에살년서도 농사리치라고는

모르는 예전 아전퇴ㅅ물인 리불량의말이다. 그는 아전당길시절에 촌사람의것

이라면 속이고 얼느고해서 잘쌔여먹고사던리임으로 불량(不良)이라는별호까지

어덧다. 그러나 지금은 하는수업시 이농군들틈에와서 씨여지나가며 한층써러

저서 벗가른것도 추고밧고하며 그럭저럭지나가는건달패다.

「흉년은 반서 판단된흉년이지. 그러나 지금이래도 비만온다면 아조 건질수

업게된 말녀죽은것의에는 다소간 쇄여날것도 잇슬데닛게. 그런것은 한마작이

에단 버멋말을 어더먹더라도……」

곳초상루를하여가지고 줄부채를 왼손에들고 슬적슬적부치며안젓던 반남아늙은

이의 참해게 대답하는말이다.

「설영 그러케된다하더라도 벗ㅅ말박을 건질사람은 멧사람이나되며 전진다하

더라도 멧칠이나먹게될테야 그게」

여름에는 참외장사, 겨울에는 나무장사로 일음난 중년에들어보이는눈씀적이

의말이다。

「그러고 저러고 간에 필경에는 다 죽네。죽어。」

눈섬적이와 가론나ㅅ세에 들어보이는 세곱해 샹투쟝이의 하는 말이다。

「네기를할……그럴줄알엇드라면 매고 쑷지 나말것을……쑹연히 업는량식 업는돈에 술밥만처들여가며……」

쏘한 눈섬적이의입맛다시며 하는말이다。

「지금안저서 그런걱정이 다 소용잇는걱정이겟나?」

부천부시깃을갓다가 대ㅅ바리에박고는 썩썩썰며 말대구하는 반남아늙은이의말이다。

곰방대에다가 담배를담아가지고 지금세상에안저서 철늣게 부시를처서 불을

「사람이 모다 굶어죽어야 올탄말가? 품이라도 팔어먹을곳이 잇서야지。」

이말은 영남사투리를써 가며말하는곰보총각의말이다。그가 영남서 이곳으로을나와 남의집머슴사리 한적도 한두해에지나지안는다한다。

이여러 사람들은 말이 이입에서 러저나오고 저입에서 러저나오고하야 서로 어지럽게 쓰는 드문드문하게 짓거려댄다。

「일본이나 가세그려。」

「이사람 말말제。갓다가 도로오는것들은엇저고 돈버러가 좃라더니만 샛닥잘
못하면 사람을 무엇? 감옥속갓흔데로 속여쌀고돌어가서 그안에다가두고 죽
도록일만식히고 돈도 먹을것도 얼마ㅅ름식안주고 한번갓치면 세상빗겻해도
잘못나온다메。」

「다 그럴리야 잇시랴만은 자칫하면 그런수도 잇다더구만。」
하고 이쌔ㅅ것 납의말만듯고안젓던 썩거머리총각의밧는말이다。그는 나이도
수물녀덧이나되여보이고 사람도 차뫼이고 조와뫼이나 이쌔ㅅ것 장
가도들지못한러이다。머터우에 청청감고 그우에다가 베수건
을 질근동인쌀이 썩거머리총각이란말파갓치 쇠여가는이마을놉혼사랑집의
좀 징글마저보인다。그와반대로 베ㅅ섬이나싸ㅅ코먹는다는이마을놉혼사랑집의
북상루싼 열서너살먹은 새실낭의쌀에다 서토어루어노코보면 그것도 이열너지
못한사회에서예사롭지안은 무슨변으로늣겨진다。

「서간도는 울갓혼해에 감음도안들고 조가아조 잘되엿다고 재작년에들어간
그입분아버지천보말이여 그한태서 일전에 건넌마을 자긔당숙집에 편지가왓더
라네。」

「거긔가면 별수잇나。청인놈의압제가 여간이안이라네。거긔가서 살던사람들도

「거긔가면 별수잇나。…거긔나 갈가?」

이리로 쫏겨가고 저리로 쫏겨간다데.」

「그러면 네미……우리조선사람은 살꽂도업고 갈꽂도업구나!」

이소리는 쌕압흐게울녀나왓다.

돌녀안진 여러사람은 말업시 쌍만구버보고잇슬뿐이다。 무슨생각에잘진 그들

의눈속에는 뭐지안은근심파 압품의빗이 쏘한참겨잇다。

침묵은 한참동안이나 쓸어나갓다。

「네기을할, 예전○○○갓혼○○나 쏘이○○○○○?」

하고 한사람이 … 침묵을쌔드린다。

「사람이 조곰만 더 배가곱하봐, 악이나서 무슨짓을못하나。」

「제발○○○○○ 경칠거!」

「흥 저것박, 빗삭빗삭 라드려가는구나!」

한사람이 고개를들어 빌판을바라다보며 기막힌듯이말한다。 여러사람은 한거

번에 모다 고개를내들어 들녁을내다본다。 그들은 보기가 하도지긋지긋하다는듯

이 상을쩝흐리고 바라다본다。 잠시동안 이것뎐공포가 다시 닥처왓다。

「한우님, 맙시다!」

이것은 늙은이의부르짓는말이다。

「죽여라! 죽여! ○메 건대여 보자。경을칠거……」

이것은 젊은이의 부르짓는 말이다。

쓴 침묵은 쓰쓰러 나간다。

서간도…… 서간노…… 그래두 거거나 가봐……그딴메 그입분네하고 갓치간 읍전

네는 서간도 안잇대여 거거서 더드러가 어덴지도 알수읍는곳으로 가바려고말엇다

그려。

「그래 그 읍전네는 소익도읍대유?」

이것은 한업해서 고누판을 그리고안젓던총각의말이다。

「모른다네……。」

써나간사람들의자취가 덧업시되엿다는것을 탄식하는듯한 긴말조자로 대답하

는사람은 쓰한눈섭적이다。

「삼년……발서 삼년이로구나!」

갑작이 서거푼듯이 건넌산고개길을 우둑허니 바라보며말하는 총각의한숨비

「제——기……」

하고 다시 땅 흘구버보는 그의눈파얼골에는 슯운빗이 씌여잇다。아마도 그의

가슴에는 휘휘트러저 감겨나오는 지나간날「로만스」의꿈이 다시써오르는것이나안
일가? 그 읍천이란처녀를생각하고 그리는것은안일는지?
이쌔 그 마을압산작노에는 짐차가온다。한채 두채 세채나된다。무거운수레
를끌고 가는소는 숨파발이 한가지로 터벅거린다。사람도 마음속싸지 갑음이들
어서 놀기에도퍼로운러안데……。

「그거뭐유? 버러브니가?」
영남「악센트」로말하는 금보총가의 마차ㅅ군보고뭇는말이다。

「쌀이라네。」
마차ㅅ군은 채쪽으로 소궁동이를툭쌔리며대답한다。

「뉘집쌀이유?」
마차ㅅ군은 대답도하기천에 금방대를 새ㅅ팩이로 후비고안젓던 세곱ㅡ상록
가 말을채서

「무러볼거 무엇잇서。김참봉네쌀이지。」

「김참봉네가 언제그럿케 부자가됏나?」
이것은 이쌔ㅅ것 잔득씹흐린상으로만 아모말참네업시안저잇던 원보의말이다

그는 금점판이고 대처바닥으로 도라단여 머리씨지도쌕겻다는사람이다。

「흥, 부자될수밖게。 요전께지도 그부재가 다돈버리하엿지。작년부터 돈노리

하고, 더구나 지금은 ○○○○사음이고。지독하게 글거모으니 부자될수밖게⋯

게다가 세도가좃치 넷날의닷돈세뭉치니 양반이니하는것은 그만두고타도 군청

이고 척식회사고 헌병소고다무엇 세도가막능당이지。」

원보의친구가 하는말이다。

「주리째를잉길놈들。그놈의부재는 두놈이 다 고약도하더니⋯⋯」

「고약하닛개 돈모운단다。○○○어서 ○○○하는놈들이닛재。못난우틔갓흔것

들이 공연히 ○○○○○○○○○○ 도라단이며 널너박남(博覽이란말)하야 귀가열넛다는

이것은 그네의말맛다나 ○○○○○○○○○○○○○○○○○○○○○○。」

원보의말이다。

「참그랜。」

원보의힘잇게 내여붓치는말에 동감이라는듯이들너안진총중에서 멧사탑은 잇

다려 이와갓치대답한다。

「버리알뭉댕이도 어더먹지못하야 부엉이나서서 사람의얼골이⋯모다 무틀쓴판에

엇던놈은 쌀을멧차석산단말인가」

눈알을부티부리내굴니며말하는 키가작달막하고 뭉툭하게 생긴원보의한친구의

말이다。

「무○○○○○○○○○○ ○○○○○○○○○○○○○○○○○○다면 ○○○○이지」

이것은 원보의 말이다。

「그것은 자네말이 글넛네。」

이것이 마치 씨는더위에 털멋하나 셈작못하고 숨만헐덕거리고안젓는 오뉴월에 알을품은암닭모양으로、더위를익이지못하야 옹송그리고안저 눈만씨막씨막하던 거진룩십줄에 들어보이는늙은영감의 한탄하는말이다、

「○○○는 ○○○○○? ○○○○누구나 ○○○○○○○○○○○○○○○○○○다。

○○○○○○○○는것이 ○○○○○○○○○○○이지 ○○○○○○○○○○하다가○○○지。」

쏘한 원보의하는○이다。

「그것은 리치가올은말이야。부자고 가난한사람이고 다 제팔자고 제복이지」

하고 저쪽 늙은이편을들어서말하는사람은 어물장사하야 돈냥이나모앗다는젊은자의말이다。

「무엇、제팔자?」

하고 말끗을추춤하던원보는 얼골에피ㅅ대를올녀가며 자기의주장을세워 말을 기다라케 쏘는 힘잇게 늘어노앗다 저편에서도 자기네주장에 지지안으랴고 연엿다。

다려人거려하얏다。그리하야 판이 써들석하게 한참동안이나 의논의 불꼿이

라울넛섯다。쓰는 그늘은 **이와** 원보와는 의논끗혜 감정의갈등이나서 닷홈써지하

「예기 이사람들! 말이모다억지고 맘세가옵슬맘세 놈세。그런맘보를먹고잇다가

는 제명대로살지도못하리。」

이말에 원보는 드를체만체하고 벌쩍**이러나서** 동내안골목으로 들어가바리고

마럿다。

그가 이러서쌔저간뒤의좌중은 다시 쓰되쓴침묵속으로 잠겨저고마럿다。

二

원보가 끌목안으로 들어간저 한참잇다가 다쓰러저가는 오막사리집속에서는

큰목소리가 일어난다。녀자의울음소리도 일어난다。악가그나무그늘에안저서 이

약이하던마을사람말맛다나

「쓰쌈이 낫구나!」

「원보는 밤낫 그불상한늙은어머니와 쌈질만하겟다。」한다。

울음소리는 접접덕 커진다。원보의친구한사람은 달녀가가쌔지한다。

좁은봉당 써러진멍석자리우에는 예순이갓가워보이는 원보의어머니가 극성을

피고 안저잇다。

「이놈아! 잇흘식이나 굶은네어미를 잡어먹지못해서 이야단이냐?……

밧대기싸지잇던것 죄다갓다 써부러을니고나서 어미야 죽던지 내던지

버리고 멧해식도라단이다가, 집이라고 도라와서 샛들샛들하며 어미만들들부거

먹고……굶이가며 품판돈으로 돼지색기하나 사다가 길너논것을팔어다가 술바

다먹고……어미가 굶어죽게됏스니 빈맘이라도 불상하재나생각을하나? 어린자

식색기가 병이나서 죽게됏스니 약한푼어치를 사다가주나? 참다ー못하

야김참봉네집에 돈량이나실가하고 잔것이안이냐 코만잡어쌔고 도라와서 분한

생각에 서름어복밧처서 우는어미를 그래 이래야올란말이냐?……」

하야 울고잇슬나면、그엽자리에는 마치 넘고구긴 흔명주옷갓치 보드라운살

이 비비쐬일만큼말느고 새루성이한 여人널곱살가량된게집아이가 일어날긔운도

업는지 팔다리를 죽느러리고누어서 힘업는 목소리로 칵칵하며 울고잇다。

그쌀을 잔싹쩝흐린상으로 바라보고잇던원보는 악이난말스조로

「예기 이망할색기 어서뒤여지기나해라!」

「이놈아 그게무슨죄냐。그불상한게 무슨죄냐?……」

하고 씨도 발악을할새

「아 그 원수놈의김참봉인지 주리째를할놈의집에 돈인지 무엇인지를 싹러가

하고 원보는 벌떡일어나 거러가는 길엽헤 **노인화로**를 발길로거머차 **화로**는

는 그런소견머리가 어데잇단말이어? 엣참, **네기를할**……엑……」

세여저굴녀쩌러진다.

「이놈아 날죽여라!」

하고 어머니는 아들의 발목을붓들자 아들은발녹을차는듯이 내쏘리며 어머니

는 저쪽에가 쩌러저 대굴대굴둥굴며 통곡한다. 그래도 원보는 본체만체하고

맛침 문ㅅ간에들어스며 붓잡어내는 **친구**에게쓸녀 마을압주막으로 가바리고마

럿다.

×

남의맘을듯던지 지금 이모양을보던지 **원보는파연** 불량한사람이되얏다. 이갓

처된경노를 대강그러보면 이와갓다.

지금으로부러 여러해전이다. 그쌔에는 원보라면 누구나 다 일잘하고 부지

런하고 영악스럽다고할만큼 규모잇고 맘성업고 맘세까지바르다고 일컷던러이

다.

나무장사로 돈냥을모으고 그돈으로 송아지필이나사고 그것이 싸늘어서 밧대

기를사게되고 쏘는 남의성일망정 논농사도 착실이지으며 나젊고 둘밉게생긴

안해와 늙은어머니와 안팟기다 한가지로 부지런하야 자미가오붓하게살어나

잠으로 그의친구들도 부러워할만큼되얏섯다。

그리다가 삼년전녀름── 그쌔도 이해갓지는안이하얏스나 갈음이 좀대단한

시절──에 사람사람이 자긔논에 물대량으로 눈들이 뒤집혀가지고 야단들할

즈음에 원보도밤을새여가며 논에물을대게되얏다。물이라고 겨오 대스줄기만한

물줄기를 흘녀느으며 자긔논수멍머리에 물이모지라지도록궁뎅이를 부치고안저

서직히고잇섯다。

그쌔에 김참봉집에서 들판여러농사ㅅ군을무시하고 물을도수하야가지고 자긔

논에만대량으로그시절에는 한참 억개바람이나도록 세도들부리는 헌병보조원인

김참봉의아들이 어리석은촌백성을위협이나하는듯이 한손에동둥이를들고 억탈로

경계도업시 이논수멍 저논수멍을막으며 서슬이시퍼러케 물을거두어내려오다가

원보가 직혀대고잇는수멍머리에 탁처자마자 덥허노코 수멍을막어대고만다。

이것을본원보는 눈에서불이도들만큼분이낫섯다 불이나케달녀들어 동둥이도 원보를

잡어허처노앗다。이것을본김참봉의아들은 닷자곳자로달녀들며

홈쳐째렷다。맛고난원보는 당시에그던직함을가진사람에게야말로 말한마디라도 거역할수업슬만큼무서운줄도 모르는바는안이지마는 이당장에는 자긔의탄독구녁으로넘어가는풀보다도 더중하게녀기는논물을샛기고 더구나어더맛기서지하고난판에。벼락이네린대도 무섭지안을만큼된터이다。그만달녀들어 그를들에다잡어처느어바렷다。두사람은 서로얼녀 업치락재치락하고 째리고차고하며 싸워댓다。필경에는 여러사람이 쓰더말녀째되얏섯는데 집에도라와잇슴지얼마잇다가 읍내헌병대로부터 보조원두사람이나와서 원보를붓들고 쌤을치고구두발길로차고하며 개패못하더니 포승으로칭칭얼거묵거가지고는 잡어가지고갓섯다。

원보가 유치장에여러날갓처잇다가 도청잇는 ○○군검사국으로넘어가서 다시감옥으로들어가 일년이라는쌀지안은세월을증역하고나오게되엿다。

그가운데 기막힌일하나는 원보가 갑옥에잇슬째에 밋고밋엇던저의안해애제 이혼소송을맛난것이다。그것은 그안해한사람이 그의위풍과세도를홈모함인지원보와쳑이진김참봉아들파배가마저서그리된것이다。이것을 그뒤에 저의어머니가 면회하려와서 알게된일이지마는、엇잿던 그째에그일을당한원보는 마음에도리혀 안이쎈은생각이나서그리하얏던지 재판정에불녀가서 그안해의이혼청구를 쾌히승락하야주엇섯다。

감옥에서나온뒤에 집이라고와서보니 안해가내여바리려고간어린쌀을다려고 늙은
어머니가 저악스럽게해서 간신간신이부지는하여가나 전날의탁탁하던쌀을 다시
볼수업고 더구나 안해 조차업서집안이란것이 마치 삼이차간남의화장모양으로
횡한것이 쓸쓸하기가이업다。

그는 마음부칠곳이라고는 아모데도업다。그리하야 그는 술먹기시작하고 놀
음하기시작하야난봉나기시작하얏다。그럴스록에 그의어머니는 박아지글기를시작
한다。모자간에 싸홈도 자저진다 동내ㅅ사람들도 원보가 고약해저간다고 말
들한다。그럴스록에 원보는 점점 더 술만먹고 남하고말성부리기조와하며 싸
홀하기초와하여간다。부치던남의쌍마지기도 쩌러진다。남어잇는 쇼펄이고 밧대기
고 모조리 다 팔어먹게되고、집에만들어오면 모자사이에 싸홈하는것이 일이
엿다。

그러다가 그는 집에도 잇지안코 그만나가서 일년동안이나 쩌도라단이다가
마음이 엇덕케내켯던지 마츰내 집으로 다시 들어오게된것이엿다。이번에 집
애도라온뒤에는 전파갓지는안이하나 ㅅ한 각금각금 그굼주리는어머니와 싸홈
질을하는터이다。

악가 그어머니와싸운일만보아도 그러타。원보의마음은 파연 이갓치 상구나

워젓다。 그갓치상구나웁게된세닭이 어대잇다는것을 자긔도 짐작은하는터이다。

그것은 자긔가 이갓치된것이 첫재는 안해를이저바린세닭으로 마음부칠곳이업

서서 그러되얏다는것, 그안해를 이저바리재된것은 그김참봉의아들이 그리하야

노앗다는것、 그김참봉의아들이 그런짓을하게되고서한그런짓을하게되야도○○○

○세상파사람을 모조리 미워하게되며 쓰는 굶주리고 게을느고 안정업고 찬

입한것도 예사로하재되야 생활파마음이 어지간치안케 변하얏다、그릴스록그

는 더욱더 자긔록숨을 살니키우하야서는 엇던한힘악한짓이라도 가리지안코하게

된다。다시말하면 자긔록숨만은 살녀나가랴는마음이 더강하여가는것이다。쓰다

세말하면 그는 묵은인습뎍도덕파양심이란것을 이저버리는동시에 원시뎍생활

력의 굿센힘을다시 회복하게되얏다。

三

이날밤에 밤이 이윽하야서 원보는 자긔집으로 도라왓섯다。지친사리문을

슬그머니 열고마당으로 들어섯다。어느새고 녀름철만되고 방안에서는 빈대벼

록에쏫기어、 봉당에서자다가 인자봉당에서도 물것에게 쏫기여、나종에는 마당

으로와 한전장을자계되는것이 전례다。
마당멍석자리우에 그의어머니가 손녀딸을다리고누어서서자는모양이 눈에먼저씌운다。그는 봉당에가서 쑥으리고안저서 누어자는자거어머니의쌀을바라다보앗다

이날이야말로 수무날새 늣게돗는달이 발서 한울의반쯤은 소서울녁에잇다。달빗이 바로 봉당마당반쪽을 들어빗치개되엿다。달빗을바든 그의어머니의얼골은 달말녀서 쑥색젓던살이 굴머서 부엉이난는지 부석부석하게부어울는것이 지금보아도 넉넉히알수잇다。다죽어가게되얏다는어린쌀은 잠ㅅ결에도 다만 하나인

그의할머니만은 잇치지못한다는듯이 손으로 팔녹을붓들은채 잠들어잇다。원보는 그쌀을보기가 애색하고 실ㅅ즁도나서 눈을쌘데로돌녓다。그의어머니의누은머리맛헤는 낫에세여진화로를 무엇으로 얼거동여매여가지고 그안에는 풋나무로 모기ㅅ불을노아서 지금도 가늘연긔가 실마리갓치 달을향하고피여올은다。

이화로를바라다본 원보는 예전생각이 벼개갓치 지나처잔다。이화로야말로예ㅅ날에 돌일하로단일싸에는 의례히 이화로에다가 왕겨갓흔것을피워 담배ㅅ불을 담어가지고단이던러이다。그는지금당하야 부지럽슨옛생각은 할써닭이업다고생각하야 마음속에번득어리는생각의그림자를 쏫차버릴랴고 눈을 선데로또돌녓다。그러나 이번에는 뎻날에 물깃보러단일제 들고단이던팡이가 더구나

그김참봉아들하고 물쌈할째에 가지고갓던팡이가 눈에씌이게됨에 그는새삼스러

허 분로가 쎠오르자안이할수업게되얏다。 쌀만구버보고잇는그의눈은 어둔밤이되

야서 잘보이지는안이하나 대낫만갓고보면 분명히 그물탕스러운눈자위가 쓰먹

〈 합늘 볼수잇스라라。

한참이나 우둑허니안저잇다가 그는 곰방대에담배를담어 화로에가서 불을달

녀 피여물고는다시 안젓던자리에와서안젓다。그는 무섭코 고개를돌녀 부억쏙

을 바라다보앗다。시커머케스른섬거적갓흔것이 부억문어구에 노여잇고 그엽헤

는 목이부러진지개가 하나 노여잇다。여저업시가난한살님에 엇지하야 이갓치

쓰지못하게된 혼지개를패여서쌔지를안이하얏나하는의심도나게된다 아마이러한것

을 패여쌔면 무슨사위에 쓰리는싸닭인듯도십다。지금 눈에씌우는 이지개야말

로 이것하나로말미암아 원보의파거십년전일로부러 오늘날까지 줄잡으면 삼년

전일까지 내려온일을다 말할수잇는것이다。

원보가 쎡거머리총각으로잇슬째— 원보가 겨우 열살인가 열한살인가 들던

해에 그의아버지가죽엇다。그리하야 중년과부된 그의어머니는 어린아들에게만

마음을부치고 온갓고생살이를하며 이외아들을 키워왓던것이다—그째에 원보

의어머니는 품파리하고 원보는 나무장사하야 모자가 지악스럽게굴어 돈양이

나모운탓으로 남에게 착실이보여 장가까지도 잘들재되얏섯다。

장가돈뛰에는 더욱더 부지런하게하야 눈이싸인겨울아츰이라도 매일아츰밥기

전에일어나서서 가을에해서싸두엇던나무스덤이에서 묵어운나무짝하나를 쩨여지지

는 거진십리나되은읍내를 들어가서 팔고나오게되는것이다。그럴쌔에는 넉넉지

못한돈양에서도 작으마처쌔여내여 북어스마리나쇠고기스냥어치나 사서들고도라

온다。억던쌔는 귀여운안해의쇼용쌈으로 왜밀이나 분이나 바눌이나 실이나

쏘한 엇던쌔는 마음을크게먹고 자지스빗 관사나 제벙갓혼 비단당기스쌈을쩨

가지고는 빈지개지고 혼자도라오며 추위도이저바리고 이생각저생각에 골돌하

여진다。

「이왜밀을갓다주면、이분을갓다주면 여북조와할가。」

이러케 생각하야보며 그안해의방긋이웃는모양이 눈에쩌오를쌔에는 팔장씨고

고개숙이고 터덜거리며오던 이나무장사는 멋업시 혼자 생긋웃는다。쏘는 당

기샘을 쩨가지고올쌔에는

「이것을갓다가주면 조와서 엇절줄을모르렷다!」

하며 그 합치레하고 새카만머리를 비비트러쏙진한가운대에 이샛듯하고 빗

나고 고흔 당기를 쥐々감어물닌모양을 속으로 그려보고는 바로그것이 눈압

헤보이는듯도십허 그어엽분쌀을 그데로보고만잇슬수가업다는듯이 손을내미러
어루만저보는흥내도내여보앗다。
그리다가 자긔집에이르러 방문을열고마중나오는안해에게 눈을털고들어슬때에
기다리고잇다가 쎄마추어 싸온것을 어머니모르
게 슬그머니 손에다쥐여줄것갓흐면 안이나다를가! 파연 안해는 이세상에서
는둘도업시 가장어엽분입을방긋이열어 생긋우스며 조와라고

「아이고 왜인자와?!」
하면 그어머니는 뒤다러

「애야 여복시장하고추윗겟늬」어서 조반려차쥐라」한다。
아츰을먹고난원보는 눈싸인겨울날에도 남파갓치 마실도아니가고 자긔집방안
에 들어업드려신을삼으며 어머니와안해를 번가라 처다보아가며 웃고이약이하
는것이 참으로 질거운일이엇섯다。 그럴때에 쓰 어머니가 밧것흘나가 단녈어
잇게될때에는 그름을라서 서로 룽을하여가며 쌀쌀대고웃는것도 세상에는 혼
처안은자미엿섯다。
지금 그의머리속에는 겨울날의아레스목이불속갓치 싸듯하고 묵은한 지나간
날의쑴이 되푸리하고잇섯다。 그러나 그것은 다 하염업는일이다 그의안해는

지금업다。잇는곳조차 알수업섯다。

「죽엄를를녀!」

하고 동이쯔게잇다가 다시

「그 오라를질녀이 지금운어대가잇나?………그놈하고갈녀전뒤에………。

죽일년! 자식생각도 안난단말인가?………」

하고 그는 입속말로 중얼거렷다。

어쌔 어린쌀이 잠을쌔여 저의할머니엽흐로달녀들며

「합머니! 합머니!」한다。

이소리를들은원보는 별안간에 가슴속이 씨르르——하얏다。그리자 쌋 그어

머니는 잠을쌔여팔로어린아이를 거더듬어씌안으며

「아가,아가, 압흐냐? 쌋압허?………어린것이물한목음도못어더먹고 알키만

하느라고………」

이소리는 가늘게썰녀나오는녹소리다。이말쯧헤는 쌋한

「오흥——」

하며 길게내여쌥는한숨소리다。원보의가슴은뭉쿨하얏다。

「어머니 저녁도 못쓰려잡수섯수?」

이복소리는 분명히설넛다.

「아 너냐?⋯⋯⋯⋯늘넷구나⋯⋯⋯⋯저녁이 어대서나서 쓰려먹어?⋯⋯

넌들 좀시장할나구!」

「안이⋯⋯⋯」

하며 말끗을흐리고 알만구비다보고 한참이나 무슨생각에 잠겨잇던원보의얼

골에는 엇던무서움빗이돌며 무슨결심이나한듯이 입을싹암으려고이러슨다.

「아 너 이밤에 어데를쓰가늬?」

「에 어데를좀⋯⋯⋯⋯⋯⋯」

하고 원보는 밧그로나가고마럿다.

그잇흔날 이마을에는 감을음보다 더 무서운새공포가닥첫다. 그것은 헌병과

보조원이 수업시쏘다저나와 마을사람을 ○○○○○ ○○○○○하며 원보

의집과 그의친구의집을들들두지며 의심스럽다는사람는 모조리붓드러가는판이다

동내ㅅ개도 짓지못할만큼 무서움에싸여잇다. 한참동안에는 길에사람좃자욘하다

가 저녁나절이되야서 정자나무그늘에 멧사람이모여 황당한얼골로 서로 대하

고안저 수선〈하며 짓거리고잇다. 그들의말을들을것갓호면 간밤에 건너마을

길참봉집에 도적이들어서 돈을쎄스랴다가 돈도못쌧고 사람만상하고 그도적은헌

병에게붓잡혀가기만하얏다고한다。쓰는 헌병과보조원이와서 원보의집을두지고간

것을본다던지 원보와 그친구한사람이 간밤에나간뒤에 다시들어오지안이한것을

보면——그밖에도 멋사람이붓들녀갓지마는——그도적이분명히원보와 그의친구한

사람이라고도한다。

그럴즈음에 아츰나절에 혐의자로붓들녀갓던머슴스군의썩거머리총각하나이읍
내로둥한신작노로헐네벌덕그리고 옷차을나오더니 여러사람엽흘지나치며 외치는

말로

「원보가 죽엇서!……」

하고는 골목을달녀들어간다。

「어 어 죽다니?」

「유치장에서 복매여죽엇서……」

조끔잇다가 그골목안으로부터 비척〈—하고쓰러질듯이달녀나오는 늙은녀편녜

는 원보의어머니다。갈팡질팡하고 정자나무엽흘지나처며 밋천사람갓치

「이놈봐라!……이놈봐라!……죽다니? 네가죽다니?……원보야!……

이놈! 이몸슬놈아! 네가죽다니!……」

하고 숨이 꽉꽉맥힌말조자로 울부지지며 읍내로가는 산모롱이길 해지는편

을 바라다보고거러나간다。

해는뉘엿〳〵넘어간다。

[원보야!]

하고 쓰러젓다。다시 일어낫다

[원보야!]

멀니서 들니는소리다。해는 아조써러젓다。그의그림자도 산모롱이 그늘속으로 감추어지고마럿다。

× × × ×

이해에도 느진가을이다。어느날일은아츰에 이마을에서도 감을〳〵하게 멀니 보이는 들건너북망산고개길에는 이마을에서쩌나가는한쎄의무리가잇섯다。보스집 지고 어린아이업고 박아지찬 젊은이 늙은이 산애 녀편네 적지안은쎄가몰 녀간다。그들은 서간도로가는 이사ㅅ군이다。이고개마루턱을 다 넘을쎄까지 그들은 서로〳〵 번가라가며、두걸음에한번 세걸음에한번씩 아득히보이는 자긔 네살던마을을 우둑허니서서 바라다보고는것고 바라다보고는것고한다。울어서 눈갓이부숙〳〵한 녀자도잇다。그가운데에는 원보의어머니와 그의어린쌀이 석 겨잇슴을볼수잇섯다。(끗)

——(一九二六、五)——

마음을 갈어먹는 사람

밥이드러가나보다 들창밧 몰독길에 쌔드득〰하며 다저진눈을 밟고 오고

가던사람들의발자욱소리조차 쓸하여진다。쩨꺽렁커하고 주인집안대문닷는소리가

모라처부는바람소리를 가부질너쌔려누르고 요란스러히울닌다。

이문닷는소리에 신경이 갑작이 더날카라워진 삼득이는、샤막어티는석유등잔불로 눈이가다

고개와귀를 잠간 그쪽으로 기우리고나서는、거의무의식적으로또

가 다시 누덕이로쓰싸안은 어린쌀의 얼골로 향하야오며

「네기── 거진을쌔도 되얏겟는대‥‥‥」

하고 중얼거리며 다시 안진몸을굽혀 걸네쪽으로 트러막엇던문구녁으로 외짝

눈을대고 밧겻을내다보다가 문구녁을 다시막고는 몸을 도르켜안지며

「사람이죽지、이노릇을‥‥‥」

쏘중얼거린다。 압벽을바라보고 무슨생각을하는 그의눈은 노긔가쌔여잇다。자긔

의안해가 그엇던놈하고 서로○○○○이쩌오른다。안해의살을 그놈이 마음

대로 주무르겟다? 질투의불길이 혈관마다 사못침을쎄닷겟다。밋철

듯십다。정신이쑴벅하며 몸이 부르쓰썰닌다。그어느곳인지모르지마는 당장에

쏫차가 그놈을 자긔안해의몸으로부터 쎄여내노코 먹살을처들고

「네가 이놈、돈멧푼가진탓으로 내안해를가지고 이짓을하다니!」하며 한차례

들고치고십다。 쓸데업시이는 피토운생각을 피하랴고、 아모생각도마자하고 눈을

싹감고、 중의참선하닷이 애를쓰고 안자잇다。

그언제인가 이집행낭으로 드러온뒤에 이집절믄주인이 제안해를보고 쌔이는

수작으로 턱업시 정답게굴고 눈짓을살々하더라고 제안해가 전하는말을듯고는

까닭업시 강짜를부리고 눈을부리고하엿더니、 안해가 보기에 해롭지안을흘게눈

을보내며

「앗다、네미……격정마러、격정! ……남에집행낭방으로 쌀고

다니지아니하면、 그런창피한쌀을안보지……」하고말할새 말숫은흐리고 복메엿

다。

아모말업시 입을싹담으리고안젓던상득 이는

「별수업다、 다시 《옷겨난시골로가자! 굴머죽더라도 고향에가서 굴머죽지。」

하던생각이 다시금지나처간다。

실상 이말을한새도 겨오 두어달전 일이다。그안해가 그주인의수욕(獸慾)을

채우고자하는 요구에응할리는 업슬것이다。그리하야 그뒤로는 주인나리의미움이

더하야지고 주인아씨의새닭업는질투까지생기고하야、 행낭을나가라는 명령을바든제

도 십여일전이오、 안해가서 드난일을하며 밥그릇이나 어더먹다가 주린배를채여

가며 그날〈쌔워보내던일도 오래전이다。 잇흘사흘에 한두씨어더먹기도 여간요

행이아니다。 행낭방을 어드려다녀도 어들수가업고、 일자리를 붓잡으려해매여도

일을어들수가업다。

산김생이 여러날을굼고 눈을멀뚱〈하고안젓다。 눈압헤 아모것도업다。 오직

밥이다! 밥 밥。

게다가 네살먹은어린것이 백일해에걸녀지금은 숨이쌀닥〈한다。 약한푼엇치

도 못사먹엇다。 오직눈에는 돈이보일다。 돈! 돈!

오늘아츰에 안해가 무엇이나 어더걸닐까하고 이웃집로파의집에 놀너갓다가

찬밥한그릇어더가지고와서하는말이

「그집에갓더니 웬 쏙々샌점은녀편네들이 그리만히오는지。 이약이드르닛가 모다

노는녀편네들이래여。 그것을하면 모다돈이 그러께잘생기는지。」

이말을들은 삼득이는 미운마음이불쑥나서 비쏘는말로

「너도 그런짓이나 하렴우나」 하고는써서 안쓰안젓든어린아이를 내미르닛가、

안해는 원망스러운눈을 흘긋한번보내고서는 아모소리업시 어린아이만바더

들고 숨이그렁々하고 얼골이죽은것갓치행쑥한 어린살을드려다보는눈에는 눈

물이럼병 〉써러진다。

배곱흔옷헤 식은밥이나마 달게먹고난삼둑이는 벌썩이러나 밧그로씨여나가

며 이런말을집어던젓다。

「네―미틀할、 참말이지 지금당하야서는 아모짓이라도할것갓다。」

× × ×

이날도쏙한 왼날을도라다니며 행낭방이나 일자리를어드려햇스나 쏘한헛거름

이다。 저녁에 도라오닛가、 난데업는 밥파씨개가 밥상에 올녀잇다。 물론 이웃로

파집에서 가저온것이다。

어린아이엽헤 쏘그리고안젓던안해가 갑작이 이런말을룩내 놋는다。

「나오늘저녁에 나가자고을터이야……………」

이말에 웬셈인지모르나 밥은짐작이난듯이 눈을후둥그러케쓴삼둑이는 그안해

들 얼썰에처다보고 말은아니나왓다。

그안해의얼골에는 엇던처창한결심의빗이 낫하낫다。

「섯다하면 이애죽이게………………」

묵어운말을거듭내는안해의두눈、 내려감은그눈밋헤는두줄기눈물이빗겻다。

밥을반쯤이나먹어엇던러에、 이밥숫갈에는 목이콱미여내려가지를안는다。 밥상을물

니고나서는　무서운눈치로　방바닥만바라다보고 안젓슬싸름이다。두사람사이에는

이러니저러니　통히　말이업섯다。섯닥하면　번쩍뒤집혀질　검은눈빗갓흔 점북이

한참동안이나　죽은듯이　안젓던안해가　손싸개밥상을치고나서는　놀낸듯이벌썩

이러나며

「자정안으로와요……」하고　문밧그로나가바렷다。들창눈밧게서

이웃집로파의말소리가나며　수군々々하더니　발자욱소리도　사러지고말엇다。

그렁々하며　숨을쉬고자던어린아이가　잠을쌔여　눈도채쓰기전에

「엄마——。으애——。」하더니　「쿨룩」하고　기침소리를한번내고는　경녕적으로

「흐 흐 흐」하는녹구녁에서　울녀나오는　소리를　쉼새업시 잇달아낸다。그것은

실낫갓치못흔 독숨이　죽기전　악을써보는것갓핫다。

애삭한듯이　그것을　드려다보고잇는삼득이는　그「흐々」하는　소리의마듸々々가

자긔회신경을　바늘솟으로　대단히압흐지는아니하나마　쉼새업시씨르는것갓햇다。

「흐々」소리는　접々머자저진다。시계가업서　시간을썩々질수는업서도　오분 팔분

실분 이모양으로　스러나가는셈이다。무릅우에올녀노코 안진삼득의품에는 이추운

방에서도 진잠의날지경이다。머리털구녁마다 쌋는얼굴까지 쌕씀〈〉하여집을

쌔닷겟다。

「아、이게 왜 그저아니 오나?」침이마른입에 ▨말을굴니며

「어서、약이라도 사가지고드러와서、그약을먹여서 당장에 병이나케 하여주

좀써쿠엇스면조켓다。」……그지경은 못가더래도 제발 우선 급한놀이나

엇스면조켓다。」……「하고생각하며、그안해가 약파 먹을것을 한데싸가지고 방

문을열고 드러오는셀이 눈에쎄오른다。그러는동안에 떨어린아이는 기침할거운도

업서서 싸부려진셈인지 기침이못난셈인지 입만들석〈〉하다가 죽은듯이 그대

로느러저잇다。

아가아버지도 인자 숨을좀 흘닌듯이、고개를번쩍처드러가지고 벽을바라다보고

만잇다。

「이런 네미、사람놈이 이러케도 지질이칫들어질수가잇나。생에가 잡버저죽

은놈보다 더더러운놈이다。제깨집을 삭혀서……」

「세상에 나갓혼놈은 둘도업다。더러운놈! 못난놈!」하고 잇대여생각을하며

엽헤서 누가 자긔를보고외치기를

「이놈아! 이못난놈아! 네가 차라리○○○○○○○○○、사람답게?사

내 답게……

……이지질한놈아!」 하는 소리가 귀에 들녀는것갓헛다

「올라 그러랴。차라리 그짓을하는섯이써뗏하지!」

「인제 알엇다! 진작 세닷지못한것이병이다。이굽이를닥처서 무엇이 겁날게

잇단말이냐。○○○○ ○ ○ ○○○ ○○○○、그러치。」

한참동안 무의식。

「그러나 내가 제속을모르는것도 아니지마는、저도 글럿서。……

여북해야 그런생각을 냇을고마는、그런속에도 선속이 좀잇는게지。」하고 의심

하는생각이 뒤석겨나며、미운증이펄쩍난다。드러만오면、죽어라하고 쎄리고십흔

생각싸지난다。

「만일에 마음이선대들쎠서 그러라면、경을칠년、저죽고 나죽지!」

「그러나 그것이 선놈에게 몸을더렵히고오다니……」

그안해의○○갈로 ○○낸다도 시연치못할、왼몸을 불로태워도 더렵힌것을

씻지못할 원통함과 엇다가대고 하소연하여야 울을지모를 억울함이 가슴에서

미여쳐나온다。그년놈을 한자리에서 그만모다쎄업허죽이고십헛다。

한참 무의식。

이웃집시개가 한점을 「짝」치는소리가들닌다。

「허어――이거웬일야? 한시인데……。 열두시안에온다더니……

……。 무슨선일이나 생기지안엇나?

그언제인가。 밤에 종토를지나다가 순사파출소압헤 사람이 쎅돌너슨것을보고

자긔도 그틈에섯여서구경한일이잇섯는대、그쌔에 엇던젊은녀자를붓드러다노코・

매음을하엿느니 엇자니하며 순사가 대리고시달니는대、그녀자는 얼골이새파

라케질녀가지고 말대답도 잘못하고볍쎀섈고만잇다가나종에는 경찰서로 쓸녀가

는뒤모양을 우둑허니바라보고는 잘잘못업시 걸녀기만하던생각이 문득나며 그

안해가 쏘한 그망신을당하는모양、새파랏케질닌얼골 발쌔써는쌀이 눈에 번쩍

써오른다。인제는 무엇보다불상한생각이낫다。몹시낫다。――

「설마 그럴나구?」

피로운생각을 쑥쓴어던지랴고 애를썻다。어린아이엽헤 쑤그리고누엇다。

눈을감엇다。모든공상을 업새랴고 이를쌕아무럿다。「나를잡어먹어라!」하고

피로움압헤 몸을던진듯이 긔진한몸파 마음을 되는대로 집어던지고만셈이다。

그러나 피로운생각을 이즈랴는애가 피로움을생각하는것보다 못지지안케피로윗

다。

억지잠을 자랴고 버둥질을하야보앗다。

그러나 안해의 얼굴이 훅지나가고, 그엇던놈의얼굴이 훅지나가고、 순사의얼골

이 훅지나간다。

이모든그림자가 어서 생각에서 다라나고말나는듯이 경녑적으로 손짓을 세

닥〜하야보앗다。고개를부로수쩌러보기도하얏다。

쏘 이것저것이 뒤박구어지나간다。그럴때마다 손스짓、곤대스짓、곤대스짓、

손짓……억지잠을 자랴고 버둥질을친다。

피로운정신이 알분쑴길로 쓸녀드러가면서도、이얼골、저얼골、 곤대짓。
─────

「아!이년이 왜그저안와? 한시가지냇는대두……그예 무슨일이잇

나보다……」하고는 밧그로튀여나가는길에 부억에잇는식칼을 집어들고나섯다。

닷자곳자로 이웃집로파의집을 차저가서、대문을발길로 냅다거더차니 문짝이

쓱쩌러지며 잡버진다。문짝을발로되스매 썩은나무쪽갓치 발피는발솟마다 밧삭

〜하고 부스러저버린다。그것도스한 마음에 시원하엿다。

방문을열고 쏫차드러가、이불을 쑥두집어쓰고누은로파의 손녹을 내다잡어쥘며

「이년! 내게집갓다가 엇던놈에게주엇니? 당장가티겨라! 어서 이리나압서

타、가자! 말안드르면 이칼로대번에 찔너죽일터이야」하며 ○○○○○○、로

파가 다죽은상으로 벌々썰며

「여봅시요、제발살녀줍시요、제잘못한죄는업슴니다。」

잡어쓸어도 안진대로 대롱〈-매여달니며

「저는 이모양으로 다리도펴지못하는 안진방이외다。것지도못하는 안진방이외다。

제발살녀줍시요。」

「이런망한년! 초저녁에도 펄々뛰여다니드니 엄살을해도 분수가잇지……」

「아녀올시다。그럼니 가잇슴닛가。」

「그럼、어대냐 가잇는곳이? 어서말해라。」

「예、예、저 배전병문……청인의집입니다。됴리집엽 수통박이 막다른골

목 대문집……。」

그길도 줄다름질을처나온다。눈인지 달빗인지 해ㅅ빗인지 큰길바닥이 훤하

여젓다 감々하여젓다……발이박휘갓치싸다、배전병문으로! 배전병

문으로。─

주린승냥이갓흔 무청인놈들이 자긔안해를 ○○○ ○○○○ ○○、야종

에는 그마 쑥써부러진세모양으로 ○○○○○ ○○○○○ 눈의써오른다。

「이놈들을 어서가서 ○○○지。어서가서 ○○○○。」

아니냐 다른가! 베전뿐문어구를닥치자마자、자긔안해가 발가버슨알몸으로

머리를푸러허치고는

「사람 살니유!」하며 다름박질을하야나온다。

그뒤에는 뭇청인놈이 쌀거리며 무엇이라고 싯걸덩々하며 안해를붓들러 爻차

온다。

닥치며 대번에 弘압해ㅅ놈을 ○○○○○。고러젓다。그뒤에써ᄅᆞ던뭇놈들은 빈

대쎄다리나듯 우ー몰녀쓸ㅅ이다려나고만다。

엽골목에서 난데업는 ○○○○○○、자긔는본체만체하고、발ㅅ셜고섯는 안

해만 가서붓들고 발○○○○○、

안해가 맛처 발버듸며 목이컹기여느러지며 억지로쓸녀가는 목매인영소색긔

모양으로 애처러히쓸녀가며

「○○○○

　○○○○○

　○○○○ …………」

爻차가 ○○○○○

　○○○○○○ …………」

「여봅시요、그게집은 아모죄도업습니다。아모죄도…………이놈을잡아

—(61)—

가시요 이놈을。이놈이 그러케하라고 시켯스니 이놈이죄진놈이오。이놈을잡어

가시요 사람새지죽인놈이요」

○○○

○○○

○○

「여보、 ○○○○○○○○○○○○○○○○○○○○○○○○○○○ 하고막지에 ○○○○○○○○○○○」

○○○

응。응。 ○○○○○○○○○○○○○○○○○○○ 아이구!...... 」하며 야종에는「영영」울엇다。

......○○○○○○○○○○○○○○○○○○○○○○○○○○○○○○○○○

울다가 펄쩍 잠을께엿다。쑴이다。

이것보아、어느결을에 안해가드러와、어린딸엽헤 업푸러저잇다。그것이 눈에

번쩍쎄이자 속이씨르도록 걸닌마음이난다。고순간을넘기고나서는 갑작이

미음마음이 필적난다。주먹으로 냅다싸러고십다。다만 우둑허니 그쓰러진쌀을

드려다보고만잇섯다。

야종에는 주먹으로 직신씨씨하며

「여봐、언제와?」하며 내부처는말노 말을던젓다。

죽은듯이 정신업시쓰러저잇슬쎄름이다。다시 주먹으로 혀러를 직선씨씨 누

르며

「언제와?」쏘한 볼메인소리다。

고개를 푸수수하고 처들며 처다보는 그눈에는 아모표정이업다。맥이풀닌눈

이다。다만눈갓이 부숙〜할싸름이다。얼골을대엿던 어린아이포닥이우에는 침

일니만무하겟는대 눈물인지 흠색저저잇다。

무표정한눈으로 바라다보던그는「날축여주」하듯이 다시 고개를 푹파뭇고쓰러

진다。

「대체 이게 무슨피둘이야!」하고 바라다보며생각하던 삼녹이는 묵어운입을

쎄여

「죽어야을흐냐? 살어야을흐냐?……」

「죽읍시다！ 죽어……죽어도 다시 그노릇은……」하고 안해

는 힘업는소리로 말씃을흐리고나서는 길게설녀내쉬는한숨소리도드를수가잇섯다

× × ×

이러고나서 멧달이된뒤이다。그들은 사글세나마 조촐한기와집에서 살게되얏
다。그안해의몸에는 향수뿌린비단옷이감기고、삼득이는 평생에처음인 명주안녕
두루막이를걸치게되얏섯다。

그러고 그다음에 이듬해가을을이다。한강철교 수선공사모군꾼가운데 중대가
리로 남루한옷을입은삼득이도 세여잇슴을볼수잇섯다。동부들은 그들「게집일혼
사람」이라는별명을지엇다。그쇼리가 귀ㅅ결에슷칠째마다 삼득이의눈에는 세
상을미워하는 쏘는○○하는 ○○○○이 번쩍어린다。○○빗은 ○○○ ○○
○○○○○○○지？----（쏫）---- 一九二六、九、二七

農村사람들

生活難 職業難으로 數年을 시달녀왓다.

이恐慌속에서도 갑업는生活── 無爲한生活로부터 흘녀나오는倦怠는 질々흐른

다恐慌의한재를넘으면倦怠. 또 한재를넘으면倦怠.

生活(먹고사는일)이라는줄에 마소모양으로 정신업시끌녀가다가도 끈한잠을

쎄치고 성낸눈을번쩍뜨듯이 지々한自己의쓸을 뛰도라다볼째

「이게 다 무슨生活이란것이야?……… 네가 참으로 生活다운生活을할

양이면 지금 네生活을저러케갑업시맨드는現實── 그속을 正面으로파고쑬코드러

가서 냅다한번부다처보던지 엇자던지 할것이지. 밤낫 그느러진개쎠리모양으로토

질々쓸고가는生活이란것은 참볼수업다. 차라리 망골편으로기우러지랴면 쎄•

카단이되거나. 우로을나붓던지 알로써러지던지할것이지 녀름날쇠불알모양으로

축느러저매달닌生活!」

이모양으로 暴白을하고십다.

× × ×

「十年만에야 陵恭奉하나어더걸녓다」는格으로 新聞記者라는職業을 겨우어더가

지고「인제는生活걱정의짐은 좀버섯스러니」하얏스나, 쏘한맛찬가지로 生活難은

압해서々가고 倦怠는뒤애서짜른다.

열한시가 지나서 新聞社入門대스돌우에 묵어운발을 터덕을녀노앗다。오늘도
쏘한 오기실흔걸음을거러왓다。

힘업는다리로 二層々臺를 터벅々々을나가 編輯室門을 쩌밀고 쑥드러섯다。

「에헤— 이것봐!— 묵은陳列品들이 발서와서 쑥느러안젓네。어제나 오늘이나
그적재나 來日이나 멀미나게 억제나 한모양으로……그런대 이물건이
第一쎄々로왓고나!」

자리에가 궁뎅이를 터덕부치고안저서 휘한번돌나보앗다。

마진편○○部員가운대에도 가장特色잇는한사람이 몬저눈에들어온다。키가작고
채가 양바름하고 다々구다々구부른것이 조선사람으로대면 뒤人집짓
고 썩밧치고서々 기침을「아햄〈」하는 시골구석의골생원님이오。서양사람으로
대면 작은키에 큰갓쓴먹시코사람이오。짐승으로대면 고슴돗치요。물건으로대면
장방울이다。——장방울로일생을 대굴〈굴너가는것도 각갑한일이라고 생각
하얏다。

바른편○○部椅子에안진部長——長이란글字부러밉다——엇잿던、션수가멸슴하고
살이부둥〈씨고 미련한눈씨、루미한두볼파입——이것은 도야지다。도야지가운
대에도 째물버슨貴族——子爵이나 男爵의地位쯤되는도야지다。도야지로 歲月을

먹어가는일도 기막힌일이라고생각하얏다。

그밧게 쓰 누구〜……………。

문여는소리가 쎄드득나며 營業局에잇는部員이 하나들어온다。쌱바라진억개

새카만얼골 홀쭉한키맵시에 강쌩〜하는걸음쎄가 마치 두손을마조치며 「써라

써々〜」하고 강중〜쒸노는사람갓다。아마 이사람이 그런짓도 각금하는것

갓다。아니、그보다도 마음세가 늘 그모양으로 강중々々하는듯십다。소반우에

서 재조넘는人形이안인담에야 「서라짜々」로 언제나 이大地우에서 쒸기만하는

것도 쌱한일이라고생각하얏다。

쓰 누구〜。네모난箱子ㅅ속갓혼이 房안에서 우물〜하는것들。

「모다 왜 이모양들이여?………수채에내여던진썩은콩나물대구리갓혼것

들이………」

「이時代이社會는 수채인가?………더구나 이新聞社안이………」

그러나 이콩나물대구리들도 奇拔한境遇 奇特한일을하게할쌔는 썩은콩나물

구리가아니고 필々쒸는훌융한 크리추어, 아니 人間이될것이다。

「쎄는이쎄! 「우리에게 ○○○○○○ 그러치안으면 ○○○○고!」하는號

슈밋헤 ○○○○라、○○、○○○○○、○○○!」할쌔가된다면, 아, 이人間에게

도

榮光의피가올르리라! 이네들의압해도　개인한울이　열니리라!

쓰는

「넙고개인봄우에　해ㅅ빗이　널닐때걸낭은、 利害업시　모이자스구나。봄잔치

하러　모이자스구나。봄춤을추러　모이자스구나。」할때에는

「동무여、내손은　너잡어다고。네손은　내가잡자!」할수도잇슬것이다。

그러나 지금 이속에는　倦怠가흐른다。피이는술모양으로　들떠서　썩어서「부

글〳〵피―　」하는 소리가난다。범새가난다。

엇지하야 이모양으로되나?

여기에는　生活이업다。生活의基礎的條件이되는　經濟가社會的으로　쓰는個人的

으로　破滅이되얏다는말이다。따라서　다른生活도破滅이되얏다는말이다。

이쌍의知識階級―― 外地에가서　工夫새나하고도라왓다는　所謂聰俊子弟를、 나갈

길은업다。宜當히하야만할일은　할勇氣도힘도업다。그것다自由롭게四肢하나움지기

가 어려운일이다。그런 대 배ㅅ속에서는　쏘록쏘록소리가난다。대가리를동이고

이런곳으로　데미러드러온다。그러나 쏘한 新聞社란것도　自己네들살님사리나

맛찬가지로　엉성하다。俸給이란것도　잘안나온다。生活難은 如前하다。四肢나마음

이나 다한가지로　축느러다。눈만멀송〳〵하는산陳列品들이　축느러안젓다。

오늘도 月給이되네안되네하고 숙덜〈들한다。 月給이라고맛본지가 서너달되

나보다。

幹部通인記者하나가 내압호로 서슴〈 걸어오며

「오늘도月給이안되겟다네!」

일할마음도업시 조는듯 생각하는듯하던나는 이소리에 정선이펄쩍낫다。落望이와서 無意識

的으로 얼는그사람의얼골을한번처다보고는 다시고개를폭숙엿다。사실오늘아츰에도 시답지안은

슴을 지긋이누른다。집일이 눈압헤휘々지나간다。

演劇을 한바탕칠우고온터이다。

×　×　×

일혼아츰에 나사는집문간에는 야단이낫다。그야단이란것은 다른것이아니다、

쎈히 사람이 한밧건넌방에 꽉들어서서사는집에 난데업는이사ㅅ짐이 써들어온다

「사람들어잇는집에 온다간다말업시 이사ㅅ짐이 웬이사ㅅ짐이란말이오。 안되

오。 못들어오。」하고대문안으로 들어오라는이사ㅅ짐을막엇다。

「집주인이가 닛가왓는대、 남의집에 삭을세로 들어잇는사람이 무슨큰소리란말

이오?」

「큰소리? 삭을세로 들어잇던지 엇잿던지 내가들어잇는담에는 안되오、」

「어듸 봅시다。」 하고 이사올사람은 어듸로달녀간다。

조곰잇다가, 집주인로파쟁이가 셩낸상과닥을하여가지고 쏘차오며 소리를 고

래〈질은다。

「남의집을 세들어가지고、 녁달치나 세를세먹고…… 낫작이 샌〈하게、 들어

오는이사ㅅ집을막다니…… 이런수가잇나? 이런도적의맘보가잇담?」

「아、 여보。 당신이 경〈틀라서 말을순〈히한대도 내맘도라가는대로할러인대

그러케 고약만셜면 일이잘될듯십소?」

「무엇엇재? 내맘대로? ……그것부터 도적의맘보가아니고무엇이냐? ──」

이말쏫은 마치汽笛의쏫소리내여썹듯 길게지르며 악을쓰며 내게로달녀든다。

대번에 발길로질너 죽이고십흔생각이 필쩍나다가도 所謂敎養잇다는文化人이라는

假面알에셔이人造病身은 속을슬쩍〈 참고잇다가

「여보、 나는내맘대로할러이니 당신은 당신하고십흔대로하여보오。」하고 대문

을다 더걸고들어와 방에누엇다。

대문짝이 왈카잡버지는소리가들닌다。 그엽헤 섯던 우리집녀편네하고 집주인로파

하고 싸음질이 나는모양이다。「이년、 저년」소리 셔지들닌다。 나는 건넌방에서 썸쩍

안이하고누어잇섯다。 이사ㅅ집은 들어온다。 안방으로 마루로 굿득싸인다。 안방

에누어잇던病母는　전넌방으로쑷겨건너온다° 우리집녀편네는　달녀들며　망신당한

분푸리를　내게하랴든다°

「사내라고　돈을얼마나　썩갈조케버러들이면° 녀편네를　이런고생사리숏혜　망신

서지시킨단말이야」그러지안어도　민망한생각이나던터에° 이말에는　그만역증이난다

「예기, 망할게집년° 사람의속을몰나도분수가잇지° 쇠색기갓은게집년! 이러케하

고사는것도　호강인줄만알어라!」

저쪽의발악은　더하야간다° 참다못하야　그만　발길로한번거더질넛다° 잡버지며하

는소리다

「게집을　굼기고　헐벗기는대신에　발버죽이랴드는구나!

게집의잔사설、 세색기의울음소티、 어머니의걱정소리、 아조　아우성판이다°

나는　그만밧그로뛰여나오며　혼자한말이다

「네기　……이朝鮮쌍농은놈의쌕은속은　누가알가? ……저긔가는　저소나

알가!」

「이것도　倦怠를調化식히는　한興奮劑인가?」 말하자면、 처음에는　이싸위의쏨

쓸움한가난사리맛도　自己生活의홀　한한體驗이오、쓰는　精神上의무엇을엇는것도

갓해서、苦痛의주먹이와서쌔릴쌔마다　그것을神聖視하고　敬虔한마음세로對하야나

가라하얏다。그러나 그것도 씨달니고씨달니기만할뿐이가 야종에는 그만 몸과마음이 세부러저가기만할뿐이다。이러다가는 큰일낫다! 이써부러저가는 倦怠속에

×　　×　　×

지녁째 太平通긴거리로거러나오는 나의주머니속에는 돈三十圓이들어잇다。석달만에탄월급이이것이다。한달 分四十五圓式석달치를 合하면 百三十五圓이것을가지고、묵은방빈대구넉트러막듯하야도 가량이업는데、게다가三·二圓이다。비트러진생각이 그저물니지안는다。악가도그돈을손에바더들제 그자리에서 그만써내여던저바러고십흔생각도낫섯다。

「뭔주먹에 단돈일원이라도들어온것만다행이니、우선 이것을가지고가서 급한 불이나쓸가?」

주린개째가 주뎅이들쓸 한데모으고 제주인을새만기다리듯하는 집석구들의쓸이 눈에학지나간다

가자〈 어서 집으로가자!

「방을하나어더서 집을옴기고、양식과나무나종사고……」

「그러고나면 쏘무엇해?……밤낫되푸러하는 그지ㅅ한生活의쓸악스니……」

언제인가, 밥먹고들안저잇는집식구들쌀을 혼자우둑커니바라다보고잇다가 속으로

「이몹슬餓鬼들! 내肉身과精神을쓰더먹는 이餓鬼들!」하며 厭惡症이왈칵나던

생각이다시난다。

「아ᄉ인제 그쌀들보기도 참싫라! 그시덥지안은生活을 되푸리하기도 참멀

미난다!」

「네가……내가그만 이돈을쓰고들어갈가보다。」

紫霞골을바라다보고가던나의걸음은 황토마루네거리에서 그만鍾路를향하고 썩

거서것고잇다。

「어듸 내가 좀 집식구들의눈물을 짜서먹고견듸여보리라……… 내가슴속이

어머니의한숨, 녀편네의눈물, 아이들의짜증======이돈三十圓。

얼마나 든ᄉ한가좀시험하야보자!」

×　　　×　　　×

잇흔날아츰 나는逈秋門압길로 발을자조놀녀올나올때, 코에서는 아직도 들새

인슐범새가 물신ᄉᄉ남을새닷겟다。우리집골목을접어들며 나는발소리를숨기고

귀를자조〈재게된다。대문턱에이르러 가만히서ᄉ 귀를기우렷다。아모ᄉ소리도

들니지안는다。

「모다죽엇나? 죽지는아니하얏서도 굶어느러저서들두엇나?」

쑥들어가보니、 느러지기는커녕、 멀썽하니들짓거리고안저잇다。다만 녀편네란사람이 쇠심낱눈으로 나를한번홀려본다。간밤에 어듸서자표왓느냐는의미인가보다

주머니속을뒤저보니 쓰고남은돈이 얼마들어잇다。내가 밧그로쏫처나가 쇠고기두근사서들고 쌀한말을사서들니고 아이들줄파자도좀사가지고들어왓다。

「왜 쌀은그러케작게팔고 고기는만히삿서?」하고말하는녀편네는 김분빗이얼골에 넘친다。아마 내가돈이만히생간듯십허서 그리는모양이다。이째스것 청얼대기만하얏스리라고하던아이들도 새로운活氣를어더 방안에서씐논다。

「쿨컥〳〵、후룩〳〵、」 참잘들먹어댄다。고기구맛이 매우들조흔모양이다。

이것을보고 나는한번 빙그레우섯다。두가지 세가지빗으로석근우숨을우서보는일도근래에처음인듯십다。

갑작이 나는 멜랑코리한氣氛에싸여 각갑한가슴을안고 밧그로튀여나왓다。

밧겻혼 날이봅시흐리엿다。훈덕지근하다。거리에것는사람도 모다 후줄근하여보인다

「어──、참 각갑하다!」

이거리에 이사람들우에 어서버가내리지안나!?어서…(씃) 一九二六、一〇、一四

한

여

름

밤

비가 한줄금 내리더니 여름밤은 몹시 더워섯다. 아마 장마시 초인가 보다.

「저녁은 인자 먹은셈이다마는 어대가 잘고?」

돈 십전잇던것으로 호떡 두개를 사먹고 나서 오늘밤 잘자리를 차저 보앗다.

「친구의집으로갈가?……에구 그 단간방에 단내외 사는대 써여자기 미안 쩍더라……을타! 참 나제가 놀던 경무대로 가자. 좀 우중충할려 이지마는.」

그 갓치 승산하고 우중충한 곳에 가서 잠을자도 무서움은 고사하고 아모러치도 안으리 라는 자신세지 남을 생각할째에 지금세지 시달녀온 생활의 고통이 자긔의 마음을 이 갓치 담대하게 맨들엇다는 것을 늦기며 엇던 용긔가 더나는 것 갓닷다. 아니다 실상말하면

여유잇던 생활이라고 할수는 업스나 어느정도세지 안온하다 고할만큼 근사히 지탱하 여오던 생활의 쓴이 쓴어지고 보닛가 몸을 아모라케 굴녀도 겁날것이라고는 업시된 세닭 이다. 서울 와서 산지 오해 동안에 직업이라고 소위 고무신직공을 다녀며 이십원가량

되는 월급으로 이제스것 사러나 오다가 그나마 실직을 당하고 보니 살어나갈수 업섯다 다시 구직할도리는 업섯다 하는수업시 하던 살님을 파하고 안해란사람과 어린아

들 하나 잇던것을 시골 일가ス집으로 내려 보내고 나혼자 빙사떠 도라다니며 지내는 것 이 발서 달장간이나 되얏다.

어느결을에　추성문안에들어섯다。초로를치고　풀밧울지나　섬돌울되ᄉ고울나섯

다。구름이씬새닭인지　하이라잇이반사(反射)가되야　오던길보다　이곳이밝다。다

희락되여가는집이지마는　열ᄉ간이나열예섯ᄉ간이나되는마루가　휑하게비엿다。이

곳저곳　어둠컴ᄉ한구석에는　무엇이잇는듯도십고　업는듯도십다。대청우에쑥올나

시며　휘——돌라보앗다。

「악쿠!　발서　안간이와서잇구나。」

저편구석에　검우스럽한무엇이　꿈을〈　한다。이것은　아마거지겟다。그쪽으로

성큼〈　걸어가며

「그　누구요?」

하고　말소리를길음하게내서무럿다。

「사람이요。」

저쪽에서도　왜　느린대답이다。나도뒤다러

「나도　사람이오。」

하고는　혼자한번　픽우서대엿다。

쏘　저쪽에도　사람이잇는듯십다。엉ᄉ하고알는　소리가낫다 쏘한

그쪽으로가보앗다。아하、이것은　악가나제　이압잔듸밧슬그늘밋헤누어잇던모자(母

子) 거지다。윤동병에걸녓는지 마창된매독에걸녓는지 눈파코가엽서진 마치썩은
날고기뎅이갓흔낫작을하여가지고 작년이나 금년이나 언제보아도 사철 서울거
리로돌아다니던 그녀편네거지다。(서울거리에나다니는사람은 누구나다이거지를아
니본사람은업스리라)

「어데가압푸우?」

아모대답도업다。쏘

「어데가압푸우?」

쏘한 아모대답이업다。모자가죽은듯이들어누어잇슬따름이다。나는 입맛만다시
고 발길을돌녀 저쪽으로가서 자리를잡어가지고누엇섯다。누어서 눕고검은천정
을바라보앗다。밧재는 이슬비가내리기시작하는지 쇄ㅅㅅㅅ소리가나며 첨하낙과
주위에손고목에는 비ㅅ방울이 쌍으로듯느라고 쑥ㅅㅅ소리가 연해난다。몹시도
음산한밤이다。나는 눕혓던고개를다시들어 대청안을휘한번돌나보앗다。

「나제ㅅ결에 모여안저서 깃걸대던가지각색사람들이 지금은 모다 어데로허
러저가 박혀잇노?」

낫일이 눈압헤 다시새롭게떠올은다。저편에는 늙은이패들이、나누은곳에는
중늙은이패들이 그밧게 구석ㅅㅅ에 잡퉁산이패들이 이곳이자긔네피서처로알고

몰녀와안저서 주리고고달핀얼골을 서로바라다보아가며 그래도 심ㅅ파적으로

한담개설을피워대던쓸이 모도가생각난다。

여긔에모이는무리들은 참가관이다。적어도 도선근대에에서최근세지 시대〈〉의

역사의록을 산표본(標本)으로 이곳에진열하야 노우듯십다。──케ㅅ묵은소리만탕

ㅎ하는 붕근유물(封建遺物)인 늙은이들 이것들이 지금은축제되얏슬망정 한삼

사십년전에는 승지니참판이니하며 놉히거리안저서민중을호령하며 ○○○○○。

그다음에는 ㅆ또 중늙은이들── 옛날에는 궁속(宮屬)시정앗치 벼슬사티 무판

회ㅅ물 개화ㅅ군 직금은무직업자──자본주○○ ○○○○ ○○○○ ○○○○

○ 이땅에침입하여들어슬무렵에 새물갈이웅덩이에 씌리치는을창이셰갓던무리들

지금은 지난밤비바람에 버레먹은풋대추갓지몰낙당한무리들。

○○○○○○거리에내여던진페물갓흔병신거지들。

쏘 그다음에는 밧그로들어오는 ○○○○본주의 세력이팽창함을싸라 그밋

그다음에는 ○○○○○다가 그나마 ○○○○나서 허매는 실업자의무리들

헤서 ○○○○○ ○○○○ ○○○○ ○○○○ ○○○○

더한층세려저서 이○○○○○밋해서 ○○○○ ○○○○ 인자는

그들은 모다 온전히 생활권외(生活圈外)로 ○○○무티들이다。그들은 이곳

○○○○○○ 온전히 생활권외(生活圈外)로 ○○○무티들이다。그들은 이곳

으로모여들엇다。다쓰러저가는 이공해(公廨)에는 집세내라는사람은 업섯던써닭

이다。내가 밤에 와서 자본일은 이때ㅅ 것업섯스니 밤일은모르겟스나 나제는 록

히용서를하야 그러 한지 아직짜지 수직(守直)ㅅ 군위 내몰나는 큰소리는 나지안엇

던싸닭이다。

「밤에는 관게치안을가?」

하는의십도난다。

「무얼다、뢰락되여가는 이갓혼공해에서 잠좀자기로 내여쏫칠니야잇다고。더구

나 밥인데。」

이갓치혼자못고 혼자대답하며 이런생각씃헤 잠이솔곳이들판이다。쌈싹놀내셰여 누

별안간에어데서 마루창밧는 구두발소리가 저벅〈〈하고난다。그검으스럼한형용과 등

운채 고개를들어바라보니 이것봐! 난네업는 등놀이다。그검으스럼한형용파 등

불너 저쪽 맨첫자리에누은 악가 그「사람이오」하고대답하던거지에게로 가며

「여보」

하고 묵업고 큰녹소리로 쌔질녀댄다。나는 얼는「올타 지것이〇〇〇구나」…

아니 〇〇리도안나는것보닛가 쏜한둥을보아도……안인데……그립 수직이로

구나 수직。〇〇〇〇〇〇〇。이놈네건드려만보아라……경을칠거ㅅ하고 속으로

버르고잇슬즈음에 쏘

[여보]

이번에는 더울엉게나온다。거지는 잠이들엇다가 새서일어나는지

[예——ㅅ]

황공(惶恐)스러운듯이 대답을싸게하고는 뒷룽하며일어나안는다。

[여보 여긔서자지마오 싼데로가오。어서]

그다지떽ㅅ얼녀대는소리는아니다 온화한녹소리도안이엿다。쏘한말버릇이고약하

리라고생각하엿던바와는 달나서 반말갓흔것은하지안는모양이다。

[예——ㅅ 나리]한다니 한팔명신이울시다。이구진날밤에 어데로갈수가잇습닛가。

[잔말말고 어서일어나가라닛가 나리는 누가나리람。]

[예——ㅅ 그저 이밤만여긔서쉬고갈납니다。]

[안돼요。]

[예——ㅅ 그저 용서합시요。……아이고 죽겟다。]

하며 어살을설며 쓰러진다。그럴째에 저편에서는

[안돼요。]

하고 더위엽ㅅ 거잇는 소리로말울던지고는 그마진편에잇는모자거지에게로 달녀

가며

「여보!」

소리를질너댄다。저편에서는**아모스소리도업다。또질녀댄다。또아모스소리도업다**

「이거 네미 죽엇나?」

하고 중얼거리며 딸녀들어 등불을밧삭대고보며

「여보」

소리를 날카롭게질은다。그럴새에 저편에서는 겨우소리를내여

「아이고 죽겟서요」

「죽기는 왜죽어 어서 일어나 다런곳으로가오。」

「엄살말고 일어나요。」

「죽겟서요。」

이쩨스것 썰컥〈〈 참고잇던나는 더참을수업섯다。

「애 이놈이 긔여코 그알어누은병신거지를내노냐고드는구나?」

두주먹을불끈쥐고 그곳으로쫏차가서 썩벗치고서서바라다보앗다。몽니가 좀상구나웁

번해볼작정이다。저편에서도 주춤하고서서 나를바라다본다。걸핏하면 한

게생겻스리라고생각하얏던사람이 의외에 무던이유순하게생긴사람임을 표정을보

아알수잇다。(사실 조선사람치고 그다지표독하게생긴사람이라고는드문닛가)나이

도 한오십이나갓가워보인다。 나도 조금만무엇하면 들어덤벼보리라는거처러젓던

마음세가 그만스르러써저간다。

[여봉。 이갓치집도절도업시 써도라다니는사람들이 여북해서 이런음산한곳에잡

을자리라고 그토록십하게내여뜻치라고들것이 무어란말이오]

내가 이갓치역사로운말슴씨로 말을하여던지자 저편에서는 물그림이바라만보

고잇다가 입맛을찍금다시더니만

[나역시 공연히 십하게굴자는것이안이오。 다귀처안은일이지마는 엇지할수업서

서………。]

이말은 지금자긔의맛흔직책이 귀치안은일이지마는 마지못해서 해나간다는의

미를 쌘히짐작할수잇다。 이째ㅅ것가젓던반감은 모다사러지고 도리혀 다른게급사

람들을보다 자긔네편에훨신갓가읍다는것을늣기게되얏다。 나는 거듭이런말을하얏다

[당신도 암흐로얼마나더 그구실을다녀먹을는지모르지마는 ○○○ ○○○ ○○○ ○

○○○○○업스터라고 누가보증한단말이오。다 나를미러남을생각하라고。……]

저편에서는 아모대척업시 무슨수심씨에인얼골로 무엇을생각하는모양갓다。이

째에 팔다리병신산애거지가 갑작이 무엇에 흥분이나된듯이 안진몸으로 한걸

음닥아안더니만

「여봅시요。 나역시다 예전에는 몸도성하고 살기도괜찬엇지마는 중간에패가
하고 병신되고……」

말을슨엇다 다섯이어

「나역시 예전에는 월급냥이나먹고다녓지마는…… 그몸슬방적회사니지 무
엇인지 기게ㅅ간에들어서 일을보다가 그만긔게에말녀들어가서 썩죽는것인데
그만 다행인지 불행인지 죽지는안코 팔다리병신만되고…… 그것도발서오년
……지금안저생각하면 산것이 파연불행이야。」

혼자말하듯기 짓거리고나서는 멀니검은한을을바라다보며 생각에잠기고만다。
나는 그말을바더서「성한사람보다는 물론불행이지마는 오늘날당신외처지조차
저러케참혹하게된것은 하모의죄도아니오 ○○ ○○○○○○。

「버러먹어온게 사오년이되지마는 참세상인심이란 박정합되다。」

「인심이라는것보다는 ○○○○○○○○。 우선봅시다。 당신이 그회사일
을하느냐라고 죽고회사 ○○○○○○○。 그런데지금와서그
회사는 ○○○○○○○○ ○○○ ○○○얏겟구려。 그

돈은 ○○○○○○ ○○○○○심히하고 쓰는 저쌀을

맨드러러노코도 ○○ 살어나○○○

○○○○○○○○○말이오。

내가 한참써드러대고낫더니 듯고섯던수직이오 무엇을새다른듯이

「당신말도 이치가업는것은아니오마는。」

하고 등을마루바닥에다 노터니만 털썩주저안지며 주머니에서 마코를쓰내여

한개피여물고는 그담배를한개式난호아준다。 나는 담배한개어머피여문것이 엇

더케나조핫는지모르겟다。 그는 나를 거들떠보며

「당신은 몸도성한이가 엇지저러케지낸단말이오。」

「나요? 나역시 이러케하고십허서 그리는것은아니지요。 ○○○○ ○○○○○

○○ ○○○○○○가지고 나역시 거지가되여가는모양이오。」

수직이는 담배를쌕々피우다가 무슨말을할듯〵〵하더니

「악가 내가 여긔서 **나가라고**한말에 야속히들생각하리다마는…… 나역시

그리하고십허서 그리는것은아니오。 자식색기들하고 먹고살냐닛가 마지못해 이구

실을다녁먹는구려。 늙어가는놈이 그속에다 대가리를구격박고……**바로말이지**

간밤에도 누구를여귀다재웠다는것이 이압들에생누어 논것으로발각이되야서 오늘

나졔 수직장(守直長)된다는 나이새파란○○사람에게 이늙은것이 쌤다구니를어

더마젓쇼。하도분한김에 이구절도그만두고 ○○○○○○○○먹엇섯지**마는** 어데

그럿습뎅가 살길을생각하고 그럴수도업고

○○나도 종일속이상해서 그만……」

말슷해 담배연기와한가지 긴한숨을쉰다。그는

엿다。저편에서이약이를듯는지마는지하고 죽은듯이누어잇던녀편네거지는 새삼스

럽개알는소리를내며

「아이고 압허라。아이고배야。」

이소리에수직이는 그쏙으로고개를돌니며

「어데가압푸우? 배가압허요?」

「네 배가그리몹시압허요。먹은것업시 설사는작고나고……」

「저녁자신것이 탈낫구려?」

「안이오。저녁은먹도안햇서요。아츰한숫갈어더먹은것이그만탈이나서……」

「네。아 압허。혼자하는아이는 당신아들이오?」

「그엽헤누어자는아이는 당신아들이오?」

「네。아압허。혼자하는말로「악가새지도 배곱흐다고조르더니 그만잡이들엇

구나。」

「그아이도굴멋소?」

「네。점심저녁 다굼겻서요。내가이쓸이닛가。」

별안간 수직이는별썩일어스며

「내 잠人간갓다 오리다。」

하고 어데로가바린다。우리들은 그자리에그대로쓰려젓섯다。한참잇다가 수직
이가 무엇을싸들고왓다。호석파약。약은 너편네。호석은 그아이와우리두사람。
약파석이생기매 좌중은 엇던생과가새로난다。조와타고먹어대는어린아이는 입
에서 노래라도나올듯십다。

「고향이어데요?」

수직이가 너편네보고뭇는말이다。

「여거서 퍽멀어요。」

「엇더케하다가 저모양이되얏단말이오?」

「말하자면 다장황하지요」

「이약이좀들읍시다。남편되는이는 언제죽엇소? 엇지되얏소?」

「○○○ ○○○죽엇서 요。」

「저런……」

남편살어잇슬때에는 다팬찬케 그럭저럭지나갓지마는 그이가 죽은뒤에는 살
수가잇서야지요。그래서 이놈이두살먹엇슬쌔에 개가를간다는것이 하필건달한태

로갓섯지요。그래서 시골서 술장사도좀하다가 그사내하고갓더니고는 어린것만데
리고 서울로왓섯지요。서울와서 처음에는 연초공장엔지를다니다가 그직공감독
이란사람하고살게되얏는데 엇지나이어린것을미워하는지 견델수가잇서야지요。쪼갓
녀섯지요。인자는 산애도엇지안코혼자살어갈양으로작정대고나가니 살수가잇서야
지요。그럭던게 제에마침쎄임에쌔저 못된구뎅이로쌀녀들어가게되얏서요。그러、
가이흉악한병싸지걸녀가지고……」

「아하 그것이 과연 만창된매독이라구나!」하고 속으로생각하고는 등불빗에
희미하게빗친 번드레한 그녀편녀얼굴을처다볼쌔에 저절로 소름이처지지안을수
업섯다。그것은 얼골로보이지안코 한종과덩이로밧게는 아니보인다。

「아 이몹슬 ○○○○○○여!」
하고 나는속으로부르지질쌔에

「어서죽엇스면 조흐련마는 냉큼죽어지々는안코……그래도 이어린것이
마음에걸녀서……」하고는 러진종긔구녁갓혼그의두눈가에는 고름인지눈물인지두
줄기의물이 질흘너내려빗것슬볼수잇섯다。

「아하──흉한。」
나는 거진무의식적으로소리를꽥질넛다。말쯧은녹메이고마럿다。그리고흐릿한불

빗에싸힌서울의시가를 부릅뜬눈으로 한번내려다보앗다。

「이 몹슬서울아! 너는 ○○○○○○ ○○○ 내여던지고한단말이냐!?」

하며 산한 속으로부르지젓다。 파연 이서울은 ○○○○○○○ ○○○ 아모데나 내여배러버리는것이아니고

무엇이냐。그대들의 ○○○ ○○○○○○○○ ○○○○○○○ ○○○○○○ ○○○○○ ○○○○○ ○○。

○○○○○○○○○○○○○○○○○○○○○○○○○○。

시골로내려왓친 처자가눈에번뜻데일새

「아하 그것들도 샛닥하면 저모자거지갓처될것이아니냐? 나는 이팔다리병

신거지갓치……」

아니다 이팔다리병신거지가 곳나요。나의처자가 곳 저모자거지인듯십다。

는 마시한번부르쏄엇다。그어린아이거지를 다시처다볼째 내가슴속은 견델

엄슬만큼 몹시걸닌생각이낫섯다。

「○○ ○○○○○○○이。」

하고 나는 모지락스럽게 말을박어부첫다。일동은 침묵가운대 내말을승인하

는듯이 아모소리도업다。침묵은 한참동안이나 쓰러나갓다。나는눈을감은채

어서일해야겟다! 내자신파처자와 ○○○○○○○○○○○○하야……。」

하고 나는주먹을힘잇개웅켜쥐엇다。

수직이는 벌썩이러스며 시게를손에든채

「아하 발서 자정이지낸네。대문걸기전에가야겟군。」

「여러분들 오늘저녁이나 여긔서쉬고 내일부터는 쩐데가주무시오。나도내맘

대로못하는일이잇가⋯⋯나를 원망치는 마르시오」

하고 등불을들고 거러나간다。우리일동은

「여──다 찰암니다。」「당신이야 나무랠것이무엇잇나요。」나는뒤의말을 더보

태서하고는 쏫차가그의손이라도잡고십헛다。

×　　×　　×

얼마뒤의일이다。우연히신문을보닛가 경성시가에 거지가넘어만어서 도회의미

(都會美)를손상함으로 거지쌔를 모다내여모라야하겟다는말이 어녀편에서나온말

인지는몰나도써잇섯다。그러하야 파연그들이 쏫겨난는지모자거지와 팔다리병신

거지도 다시는볼수업섯다。우연히 경무대압흘지내다가 문득그생각이나서 편신

을바라보며

「그썩은고기덩이들이 지금은 어데가굴너다니노?」하고 혼자중얼거렷섯다(쏫)

──(一九二七、四、一九)──

昭和三年四月十七日印刷

昭和三年四月二十日發行

版權所有

著作兼發行者　京城府體府洞百二十番地

趙　明　熙

印刷者　慶南釜山府瀛州町四八七番地

李　秉　熙

印刷所　慶南釜山府瀛州町二六番地

慶南印刷株式會社

發行所兼
總發賣所　慶南釜山府瀛州町二六番地

白　嶽　社

振替釜山一〇九番

特約販賣所　京城府淸進洞二番地

社會科學研究
社總販賣店

新　興　書　房

振替京城七一一九番

（正價金五拾錢）

낙동강
조명희 소설집 초간 복각본

초판인쇄 2022년 11월 1일 **초판발행** 2022년 11월 10일

펴낸이 박성모 **펴낸곳** 소명출판 **출판등록** 제1998-000017호

주소 서울시 서초구 사임당로14길 15 서광빌딩 2층 **전화** 02-585-7840 **팩스** 02-585-7848

전자우편 somyungbooks@daum.net **홈페이지** www.somyong.co.kr

ⓒ 소명출판, 2022

잘못된 책은 바꾸어드립니다.

이 책은 저작권법의 보호를 받는 저작물이므로 무단전재와 복제를 금하며,

이 책의 전부 또는 일부를 이용하려면 반드시 사전에 소명출판의 동의를 받아야 합니다.

ISBN 979-11-5905-736-6 03810 **값** 10,000원